FICHA CATALOGRÁFICA
(Preparada na Editora)

Frungilo Júnior, Wilson, 1949 -

F963b   *Bairro dos Estranhos* / Wilson Frungilo Júnior, Araras,
SP, IDE, 29ª edição, 2006.

192 p.

ISBN 978-85-7341-415-8

1. Romance 2. Espiritismo I. Título.

CDD -869.935
-133.9

Índices para catálogo sistemático:

1. Romance: Século 20: Literatura brasileira 869.935
2. Espiritismo 133.9

Bairro dos Estranhos

ISBN 978-85-7341-415-8

29ª edição - maio/2006
8ª reimpressão - abril/2024

© 1986, Instituto de Difusão Espírita

Conselho Editorial:
Doralice Scanavini Volk
Wilson Frungilo Júnior

Produção e Coordenação:
Jairo Lorenzeti

Capa:
César França de Oliveira

Diagramação:
Maria Isabel Estéfano Rissi

Parceiro de distribuição:
Instituto Beneficente Boa Nova
Fone: (17) 3531-4444
www.boanova.net
boanova@boanova.net

INSTITUTO DE DIFUSÃO ESPÍRITA - IDE
Rua Emílio Ferreira, 177 - Centro
CEP 13600-092 - Araras/SP - Brasil
Fones (19) 3543-2400 e 3541-5215
CNPJ 44.220.101/0001-43
Inscrição Estadual 182.010.405.118
www.ideeditora.com.br
editorial@ideeditora.com.br

Todos os direitos reservados. Nenhuma parte desta publicação pode ser reproduzida, armazenada ou transmitida, total ou parcialmente, por quaisquer métodos ou processos, sem autorização do detentor do copyright.

Wilson Frungilo Jr.

Bairro dos Estranhos

Romance **ide**

Sumário

Lágrimas 9

A desmemoriada 41

Desespero 55

O bairro 75

Andarilhos 89

O barracão 115

A chegada 129

O sonho 149

A missão 171

LÁGRIMAS

NAQUELA VILA POBRE, FORMADA QUASE QUE EXCLU-
sivamente de moradias de assalariados, a tristeza toma
conta do interior de uma das casas de apenas quatro cô-
modos essenciais: sala, dois quartos, cozinha e banheiro.
Apesar de poucas pessoas ali estarem presentes, a sala parece lotada visto que, somente o caixão mortuário, ocupa
quase todo o espaço. O ataúde encontra-se lacrado, pois
contém, em seu interior, um corpo irreconhecível de mulher, apenas identificado por um pequeno detalhe, falecida em virtude de trágico acidente de ônibus. Na verdade,
quase todo aquele bairro e adjacências encontram-se em
luto, pois o ônibus transportava muitas pessoas, que por
ali moravam, de volta do trabalho. Todas trabalhavam em
uma fábrica têxtil a alguns quilômetros de distância.

Rosalina Célia, que naquela casa era velada, havia
falecido nesse desastre, juntamente com Eneida Maria,
sua irmã mais velha e solteira que morava com ela. Eneida também não fora reconhecida, a exemplo de outros
passageiros, tamanha fora a gravidade do acidente. Todas
as partes corpóreas não reconhecidas daqueles trabalha-

dores estavam sendo veladas, conjuntamente, em um salão de uma das igrejas do bairro. Realmente, parecia que enorme nuvem de sofrimento desabara, em forma de lágrimas de dor, sobre aquele amontoado de moradias.

Rosalina Célia deixara, aqui na Terra, seu esposo, Atílio do Carmo e Lucinha, a filha de apenas três anos e sete meses de idade. Sua vida não havia sido muito fácil, pois trabalhava avidamente na indústria têxtil para ganhar, além do pequeno ordenado, alguns abonos extras de produtividade, a fim de ajudar o marido que, simples operário de uma indústria metalúrgica, também esfalfava-se em horas extras, na tentativa de trazer para esposa e filha, um mínimo suportável de conforto.

No que dizia respeito a Lucinha, Rosalina Célia dedicava verdadeira adoração pela menina e isso era, talvez, o que lhe dava ânimo para o trabalho.

Atílio, seu esposo, por sua vez, encontra-se inconsolável. Parentes, não mais os tem, nem de sua parte, nem da parte da esposa, visto que era filho único e, tanto seus pais como seus sogros já haviam falecido há algum tempo. O único parente que possuíam era Eneida Maria, que morava com eles, porém, apesar de não ter sido identificada, algumas de suas colegas de trabalho que ficaram na fábrica, à espera de outro ônibus, afirmaram tê-la visto entrar naquela fatídica condução.

A dor da separação era imensa e muitíssimas preocupações lhe martelavam a mente angustiada. Preocupava-se principalmente com a filha, que perdia a mãe em tão tenra idade. Quem lhe ofereceria os tratos maternais e, agora que dona Gertrudes, uma das vizinhas, que ficava com Lucinha durante o dia, havia se mudado no dia anterior? Aliás, essa era uma de suas maiores preocupações. Se ao menos a cunhada, Eneida, estivesse viva...

Como faria agora para poder trabalhar? Uma creche seria a solução, talvez...

– Meus pêsames, Atílio.

É Laurindo, outro vizinho.

– E Lucinha, Laurindo?! Ela está bem?

– Fique tranquilo. Ela está brincando com minha filha e Adele está tomando conta dela.

– Obrigado, Laurindo

Na sala, Atílio se encontra sentado à cabeceira do caixão. É um homem de compleição comum: altura mediana, tez amorenada e cabelos ligeiramente ondulados. Seus olhos, fundos nas órbitas, nariz fino e a boca rasgada, dão-lhe, em seus trinta e sete anos de idade, um ar de firmeza em suas atitudes.

Naquele cômodo, sempre que alguém chega para velar o corpo, outro sai pela cozinha, para dar lugar, tão pequeno que é.

– Coitado do Atílio... tão bom...

– E Rosalina, então... como trabalhava!

– Uma ótima esposa e dedicada mãe!

Atílio, por sua vez, ora em silêncio: – "Meu Deus, ajude-me... por favor." Lágrimas lhes escorrem dos olhos. – "Ajude-me, Jesus! Sempre procurei ser bom e creio em Deus. Se ainda não ingressei firmemente em uma religião, é porque não consegui encontrar a que satisfizesse todas as minhas dúvidas. Mas Deus sabe o quanto oro em Seu louvor e quanto O procuro em meu modesto raciocínio. Me ajude, meu Deus e à minha filhinha!"

Quando coloca a filha na súplica, lágrimas mais grossas brotam-lhe dos olhos e soluça. – "O que farei com ela? Como trabalhar? Jesus, fazei com que consiga arranjar um lugar para deixá-la, enquanto trabalho... um lugar com pessoas boas... como minha esposa... (soluços)... minha Lucinha... ela é tão pequenina... tem apenas três aninhos..."

Na verdade, Atílio acredita muito em Deus e aceita Cristo como aquele que veio em missão salvadora e, apesar da simplicidade em que vive, é muito inteligente, pois conseguira estudar quando moço. Infelizmente, os reveses da vida não lhe proporcionaram a oportunidade de arrumar um emprego à altura de sua capacidade. Porém, é um eterno perseguidor das verdades da vida, tentando, pelo raciocínio, chegar a esses mistérios.

Naquela sala, ninguém se aproxima dele para tentar confortá-lo. Os olhares e as fisionomias dos homens são de profundo respeito, porém, são, também, duros e rudes, acostumados que estão com a vida sofrida que levam. No íntimo, sentem o drama do companheiro, mas nada podem fazer e, da mesma forma, sabem que nada conseguiriam dizer para diminuir-lhe a dor.

Atílio, por sua vez, nem repara nesse pormenor, eis que o sofrimento e a preocupação ocupam-lhe a mente, não permitindo que pensamentos melindrosos a acometam.

Mais dez minutos se passam e os homens que estão na sala dão lugar a um mesmo número de mulheres que, com véus a lhes cobrir as cabeças, começam a rezar uma ladainha em intenção de Rosalina Célia.

– "Jesus, – reza, mentalmente, Atílio, – ouça essas preces e ajude-me em tudo que Lhe peço. Por favor..."

E o pranto, mais uma vez, lhe inunda o rosto que, juntamente com o corpo arqueado e alquebrado, treme e sacoleja no ritmo e ao sabor dos soluços de dor e desespero.

Terminadas as preces, alguns poucos homens carregam a urna mortuária pelas ruas até o cemitério que dista algumas quadras do local. Rosalina Célia é, então, descida em uma cova pública, isenta de ônus. Atílio sabe que, mais alguns anos e seus restos serão removidos para uma vala comum, se não puder comprar um local para eles e, naquele instante, pensa em fazer disso um pequeno ideal: o de dar um sepulcro próprio para sua amada esposa, mãe de Lucinha.

A volta ao lar é triste e preocupante, ansioso que se encontra por rever a filha e, ao mesmo tempo, amargurado por não saber o que lhe dizer com respeito à mãe. Volta sozinho. Nenhum dos amigos tem coragem de o acompanhar, visto não saberem o que lhe dizer, numa situação dessas.

Passa primeiro pela casa, onde procura arrumar tudo da melhor maneira possível, tornando ao lugar as cadeiras que sustentaram o caixão mortuário. Quando está terminando de ajeitar os poucos utensílios que foram utilizados na cozinha, ouve vozes na porta de entrada. É dona Adele que vem trazendo Lucinha de volta. A menina, assim que entra na sala, corre para a cozinha.

– Mamãe, papai! Mamãe...

Atílio a abraça apertada e demoradamente, principalmente para que a menina não veja as lágrimas que teimam em saltar-lhe dos olhos.

– Eu brinquei com a boneca da Tina, papai.

– Você brincou com a boneca, nenê? – pergunta, colocando a menina no chão e ajoelhando-se à sua frente, enquanto enxuga disfarçadamente as lágrimas.

– Brinquei, papai. É bonita... Vovó Adele que comprou.

A menina chama dona Adele de vovó, que é como a mulher lhe acostumou.

– Você também tem a sua boneca.

– Ela quebrou, papai.

– Vou comprar uma nova para você no seu aniversário, está bem?

– Bem, seu Atílio, preciso ir. – interrompe dona Adele, com a maior naturalidade e de uma maneira em que, propositadamente, faz transparecer que tudo está bem, no intuito de não precisar oferecer-se para préstimo algum.

– Pode ir, dona Adele, e muito obrigado por ter ficado com Lucinha.

– Não há por que agradecer, seu Atílio – responde a vizinha, já saindo.

– Dona Adele...

– Sim?

– Será que... bem... a senhora sabe... preciso continuar trabalhando e não tenho com quem deixar a menina... e... a senhora é tão boa... eu poderia pagar as despesas que tiver com Lucinha...

– Olha, seu Atílio, na verdade, não...

Nesse momento, batem à porta e Atílio vai atender, deixando entrar Laurindo, marido de Adele.

– Como está, Atílio?

– Tudo bem, por enquanto.

Fica alguns segundos em silêncio enquanto o amigo entra. Já na cozinha, continua:

– O maior problema é a menina, você sabe... Inclusive, estava, nesse momento, pedindo à sua esposa para tomar conta de Lucinha, por algum tempo, até que eu arrume um lugar para ela. Eu pagaria as despesas...

– Seu Atílio, não sei se... – começa a responder Adele.

– Acho que, numa hora dessas, a gente tem que ajudar os outros, não é, Adele? – afirma, categórico, Laurindo. – Minha esposa tomará conta de Lucinha, sim, Atílio. Inclusive, eu vou ser franco com você, nós estamos mesmo precisando ganhar um dinheirinho extra e, já que não vai ter despesa com a menina e, logicamente, com a pobre da Rosalina...

– Oh, sim!... – responde Atílio – pagarei para que vocês ganhem alguma coisa pelo trabalho. E posso pagar adiantado. Tenho o dinheiro que separei para o aluguel da casa e... darei para vocês... atraso um pouco o pagamento de seu Manoel... acho que ele não vai se incomodar, diante de uma situação dessas... o mês que vem, pago dois aluguéis...

– Então, está tudo acertado.

E os dois combinam o preço, enquanto Adele vai para casa, visivelmente contrariada, o que passa desapercebido de Atílio que, abalado pelos acontecimentos, nada chega a notar.

Quando Laurindo vai embora, Atílio começa a preparar alguma coisa para comerem, enquanto Lucinha fica brincando com uma caixa de fósforos vazia, sentada em um canto da cozinha.

De repente, a menina levanta-se e vai para o quarto.

– Mamãe! Mamãe!

Atílio, que por todo o tempo aguardava e temia esse instante, fechou os olhos, angustiado.

– Mamãe !!!

A menina volta à cozinha e Atílio não tem coragem de fitar a filha.

– Onde está a mamãe, papai?

O homem não consegue falar, pois os pensamentos embaralham-se em sua mente. Deveria mentir ou tentar dizer a verdade?

– Cadê mamãe, papai? E tia Eneida?

Atílio ajoelha-se frente à filha e, com o coração oprimido, fita aquele rostinho ingênuo, de expressão pura. Nunca a filhinha lhe parecera tão linda e tão angelical, em sua inocência de apenas três anos. A menina lhe sorri e o pai responde ao sorriso.

– Dá a sua caneta? – pede, mostrando a esferográfica presa no bolso da camisa do pai.

Atílio lhe estende a caneta e Lucinha volta a sentar-se no canto da cozinha. O homem fica, por alguns instantes, admirando a menina que, delicadamente, abre e fecha a tampa da esferográfica. Seu coração de pai está apertado, sua garganta parece estar anestesiada e obstruída e um frêmito de soluço lhe sacode os ombros. Não consegue mais aguentar as emoções e refugia-se no quarto onde as lágrimas voltam a lhe banhar o rosto. Fica ali por alguns instantes e, então, corre em direção à cozinha e abraça-se à filha, balançando-a com carinho.

– Eu gosto do papai.

Atílio afasta a menina e, olhando-a fixamente, fala, num repente:

– Mamãe morreu, Lucinha... Titia Eneida também.

A menina olha tranquilamente para o pai e pergunta:

– E quando elas voltam?

Somente naquele instante, Atílio se dá conta de que a criança ainda não sabe o significado da palavra "morte".

– Elas foram para um lugar muito bonito, Lucinha.

– E por que não me levaram junto?

– Porque precisaram ir sozinhas.

– O papai me leva lá com elas?

– Não pode, meu bem.

– Por quê? Eu quero ir.

– Não pode, filha. Criança não pode.

– Eu quero ir, papai! – diz a menina, com birra.

– Não pode, minha filha...

Atílio soluça, mas consegue controlar-se e conter as lágrimas.

– Eu quero a mamãe, papai! Eu quero a mamãe!

A criança começa a fazer expressão de choro e Atílio já não sabe o que falar, abraçando-se à menina.

– Eu quero a mamãe, papai... – repete Lucinha, com vozinha chorosa.

Atílio, num impulso, levanta a filha em seu colo e diz:

– Um dia, vamos nos encontrar com ela... e com a tia Eneida também.

– Então vamos, papai.

– Um dia, filhinha. Agora, vamos jantar e depois, dormir. Quando mamãe saiu de casa, ela disse que é para você comer bastante e depois ir para a cama. E não pode chorar também, senão ela vai ficar triste, se souber.

– Não vou chorar.

– Isso, filhinha. E, amanhã, quando o papai for trabalhar, você vai brincar com a Tina.

– Vou brincar com a boneca!

– Muito bem. Agora, vamos comer.

Enquanto a menina janta, Atílio fica admirando-a. "– Como é parecida com a mãe!" – pensa.

De fato, a menina possui traços de Rosalina: olhos vivazes e negros, boca pequena, cabelos castanho-escuros que, ao contrário da mãe, que os possuía longos e lisos, são ligeiramente encaracolados e curtos. Para Atílio, dentro de seu amor paternal, a filhinha e, principalmente agora, é a expressão personificada dos anjos celestiais.

Naquela noite, Atílio não consegue dormir e fica junto à filha, velando seu sono, com uma grande apreensão dentro do peito, temeroso que está do destino que os aguarda, a ele e, principalmente, a Lucinha, que perdera a mãe.

Na manhã seguinte, deixa a menina com dona Adele e vai para o trabalho.

– Sinto muito o que lhe aconteceu, Atílio. Infelizmente, não pude ir ao velório. Você sabe... o meu trabalho aqui, de supervisor dos serviços, não me permite faltar – desculpa-se Narciso.

– Eu compreendo. Não precisa se preocupar. Sei que você é um grande amigo, não só meu, como de todos os demais operários.

– A vida é assim mesmo, Atílio. O que podemos fazer? Acho que Deus sabe o que é o melhor para nós. Tenha, sempre, muita fé.

– É do que estou precisando. Ainda bem que tenho Lucinha, porque, senão, que finalidade teria a vida?

– Em parte você tem razão, pois a felicidade de

sua filha será sua grande meta, mas penso que, mesmo que não a tivesse, decerto encontraria outros objetivos. E, agora, vá trabalhar que já está na hora.

– Muito obrigado, Narciso. Você não imagina como me consolam as suas palavras.

Atílio, então, trabalha como nunca, pois é a maneira que encontra para esquecer, momentaneamente, suas dores. Almoça no serviço e, à tarde, ao sair da fábrica, apanha Lucinha com dona Adele e vão felizes para casa, onde, depois de banhar-se, prepara o jantar. À noitinha, serve um copo de leite à filha e a faz dormir.

Uma semana se passa até que, numa tarde, quando chega em casa com a menina, percebe arranhões no seu bracinho.

– Onde você se machucou, Lucinha?

A menina olha para ele e, fazendo um beicinho, responde:

– Está doendo, papai.

– Onde você se machucou, filhinha? – insiste Atílio.

– Vovó Adele apertou com a unha e gritou comigo.

– Vovó Adele fez isso?! Por quê?

A menina fica em silêncio, com a cabeça baixa. Atílio ergue seu rosto, com os dedos por debaixo de seu queixo e pergunta-lhe, mansamente:

– Por que ela fez isso? O que você fez?

– Eu quebrei a xícara.

– Xícara?

– A xícara de leite. Estava quente e caiu da minha mão.

"– Meu Deus! – pensa Atílio – Não é possível que Adele tenha feito isso só por causa de uma xícara de leite!"

– O papai está bravo?

– Não, meu bem. Não tem importância ter quebrado a xícara. Você não teve culpa.

– Vovó Adele ficou brava.

– Ela não vai ficar brava outra vez, viu?

Abraça a menina, acariciando seus cabelos.

– Eu não vou derrubar mais...

– Eu sei... eu sei... você é boazinha.

Na manhã seguinte, Atílio argumenta o fato com Adele e ela afirma nada saber a respeito. Diz que, talvez, tenha sido um pequeno desentendimento entre as crianças. Recorda-se de que Lucinha, realmente, quebrou uma xícara, mas que não se importou com o fato e que lhe deu outro tanto de leite.

– Acho que o senhor deveria chamar a atenção dela para que não torne a inventar coisas desse tipo. Entendo a imaginação fértil das crianças, mas deve compreender que, às vezes, isso pode levar os adultos a cometer erros e injustiças.

Atílio concorda com a mulher e promete conversar com a menina, à noitinha.

Adele, por sua vez, abraça-se à garotinha e faz-lhe demonstrativos carinhos, aos quais Lucinha tenta escapar.

– Papai vai trabalhar, agora. Fique boazinha, filha. À tarde, venho buscá-la.

Dá um beijo na menina e sai apressado para o serviço.

***

– Você me parece muito preocupado hoje, Atílio. – diz Narciso, com ar interrogativo, no refeitório da fábrica.

– E estou mesmo. – desabafa, narrando ao amigo o acontecimento do dia anterior.

– Você acha mesmo, que ela bateu na menina? As crianças têm a mania de inventar coisas.

– Eu sei e compreendo isso, Narciso, mas percebi que Lucinha estava dizendo a verdade. Conheço-a muito bem e, se fosse invenção, ela me contaria o fato de maneira diferente.

– E o que você vai fazer?

– Bem, acredito que Adele, depois da conversa que tivemos, ou melhor, sabendo que Lucinha me conta tudo, não vai mais fazer o que fez, se realmente foi ela quem bateu na menina.

– Você tem razão.

Depois de alguns segundos de silêncio, em que os dois amigos continuam a almoçar no refeitório da fábrica, Narciso pergunta, meio sem jeito:

– Atílio, como é que você está, financeiramente?

– Por quê? Está precisando de dinheiro?

– Bem... você sabe... a situação de minha mulher...

– Ela não melhorou?

– Melhorou, mas dias atrás, teve uma recaída e terá que submeter-se a uma cirurgia caríssima.

– A firma não pode ajudá-lo?

– Ela já me auxiliou no que podia. Agora não dá mais.

– Olhe, Narciso, para ser franco, também estou numa situação meio difícil, pois tive que pagar à Adele um adiantamento. Logo terei que pagar o aluguel e vou ter que pedir ao seu Manoel para prorrogar para o mês que vem. Mais vinte dias e terei que pagar à Adele, outra vez.

– Entendo. Aliás, a sua situação deve estar pior que a minha.

Atílio fica cabisbaixo e triste por não poder ajudar o amigo.

– Mas não se preocupe. Vou dar um jeito. Talvez consiga emprestar em um banco e pagar em prestações. – diz Narciso, ao notar o embaraço do companheiro.

– Será?

– Acredito que sim.

Descansam um pouco no pátio da fábrica e voltam para o trabalho. À tarde, quando Atílio passa pela casa de Adele, ouve, ao chegar perto do portãozinho de entrada, um choro baixo de criança, que vem detrás do muro que rodeia a casa. Imediatamente reconhece que é Lucinha quem chora. Abre rapidamente o portão e quando a filha o vê, corre em sua direção, com os olhinhos inchados de chorar e com soluços que quase a impedem de falar.

– Papai... papai!

O homem a abraça e percebe escoriações nos braços e pernas da criança.

– Quem bateu em você, Lucinha?

A menina olha para o pai e está prestes a falar quando uma voz, vinda do outro lada da casa, rompe o silêncio:

– Não vá mentir novamente para o seu pai, viu, Lucinha?

É Adele quem está falando, com ar ameaçador e braços cruzados.

– O que aconteceu, Adele?

– Também desta vez, não tenho nada com isso, seu Atílio. Quando percebi, ela já estava chorando. Deve ter brigado com a Tina.

– A Tina fez tudo isso nela? – pergunta, estupefato.

– Minha filha é uma menina forte...

– Quero perguntar a ela.

– O quê?! O senhor, por acaso, está duvidando de mim?!

– A senhora disse que devia ter sido ela. Quero apenas ter certeza e não vou fazer nada à sua filha. Ela também é pequena como a minha.

– Pois bem. Tina! Tina!

Alguns segundos se passam e a menina chega correndo, atendendo aos gritos da mãe.

– Não foi ela, papai – afirma Lucinha – Foi vovó Adele quem bateu e gritou comigo.

– Menina mentirosa! – vocifera a mulher. – Tina, conte a seu Atílio que bateu na Lucinha.

Tina fica apalermada e não sabe o que dizer, olhando para a mãe, interrogativamente.

– Diga que foi você, Tina!

– A senhora está obrigando a menina a falar que foi ela.

– Não estou obrigando ninguém a nada, seu Atílio, e tem mais: se for para tomar conta de sua filha e ter que ouvir desaforos e acusações, eu desisto. Não quero mais negócios com o senhor. E se quer saber mais, a menina merecia mesmo. É muito bisbilhoteira e vive derrubando coisas.

– Então a senhora confessa...

– Eu não confesso nada e vamos acabar com essa história. Vamos para dentro, Tina, e quanto ao senhor, não me traga mais essa sua filha. Somente aceitei tomar conta dela porque Laurindo me obrigou.

Dizendo isso, entra em casa e bate a porta violentamente.

Atílio pega a menina no colo e sai pela rua, em direção à sua casa. Lucinha abraça seu pescoço, assustada que ficou com os gritos da mulher.

– Foi ela, papai, quem bateu em mim. Eu estava quietinha e ela bateu em mim. Foi vovó Adele.

Começa a chorar convulsivamente.

– Não chore, filhinha. – diz Atílio, acariciando-lhe os cabelos e tentando acalmá-la. – Não vou mais deixá-la com vovó Adele.

Chegando em casa, enquanto o pai toma banho, a menina deita-se na cama e acaba adormecendo, sem se alimentar. Em vão, Atílio tenta lhe dar um pouco de leite, horas mais tarde.

Não consegue dormir aquela noite. Depois de muito pensar, resolve tentar arranjar uma vaga para a menina, na creche de um bairro vizinho e, tão ansioso fica em resolver esse problema que não consegue pregar os olhos.

***

Na manhã seguinte, Adele e Laurindo estão tomando o café e discutindo novamente sobre o ocorrido da tarde anterior.

– Você não devia ter batido na menina, Adele. Ela não é sua filha.

– E, por acaso, tenho obrigação de tomar conta de filha dos outros?

– Ele estava nos pagando!

– Esse dinheiro não nos fará falta e, além do mais, não era você quem tinha o trabalho todo com a menina!

– Ele é meu amigo!

– Ora, amigo! Se você fosse grande amigo dele, não iria cobrar nada! Você só pensa em dinheiro!

– Ah, é assim?! Para que você acha que quero ganhar dinheiro?! É para o seu conforto e de nossa filha! E o que ganho com isso?! Ingratidão! Só isso!

– Ganhar dinheiro às minhas custas! Isso que você queria! Beba menos nos bares que vai sobrar mais!

– Olha como fala comigo, Adele! Sou seu marido e exijo respeito! Cale essa boca antes que eu perca a paciência e você sabe como fico quando me zango!

Adele, apesar do ódio que está sentindo queimar-lhe as entranhas, resigna-se em ficar calada e sai da cozinha, pois sabe quão possesso fica Laurindo, quando nervoso. O marido, por sua vez, levanta-se e, batendo a porta, vai para o trabalho.

Adele, no quarto, não se conforma e começa a alimentar, dentro de si, um ódio terrível contra Atílio e a filha.

– Eles vão me pagar! – pensa, colérica, quando, ao olhar pela janela de seu quarto, avista Atílio que caminha de mãos dadas com Lucinha.

"– Onde será que ele vai deixar a filha?" – tenta raciocinar e, num impulso repentino, resolve segui-los.

***

– Bom dia, senhor. Em que lhe posso ser útil? – indaga a diretora da creche a Atílio, que acabara de ser introduzido, juntamente com Lucinha, na sala da diretoria.

– Bom dia. Meu nome é Atílio do Carmo. Moro aqui perto, na vila e...

– Sente-se, seu Atílio.

Atílio ocupa a cadeira defronte à larga escrivaninha e senta a menina em suas pernas.

– É sua filha?

– Sim e é sobre ela que venho lhe falar. Já faz uma semana que perdi minha esposa e queria conversar com a senhora sobre a possibilidade de deixar a menina aqui na creche, pois tenho que trabalhar e não possuo parentes com quem deixá-la.

– Sinto muito pela sua esposa.

– Obrigado.

– Quanto a um lugar para a menina, não vai ser muito fácil, pois a creche já ultrapassou o limite de vagas e temos certos regulamentos quanto à quantidade de crianças.

– Por favor, minha senhora. É só mais uma menina e ela não vai lhe dar muito trabalho. Ela é boazinha. E, além do mais, é a única maneira que vejo de poder continuar a trabalhar. Eu lhe imploro...

– Bem, seu Atílio, vou tentar, mas devo lhe prevenir que isso não depende de mim. Consultarei o departamento responsável pelas creches da cidade e depois lhe darei a resposta.

– E quanto tempo isso vai demorar? Já estou perdendo o dia de serviço...

– O senhor pode passar aqui, de tarde, lá pelas dezessete horas. Mas, como já lhe disse, tudo vai depender da consulta. De minha parte, prometo interceder a seu favor, mas não sou eu quem decide.

– Muito obrigado, minha senhora. Deus lhe pague. Eu volto, então, à tarde.

Dizendo isso, Atílio retira-se com a menina.

– O que é creche, papai?

– Creche é um lugar onde os pais deixam os filhos durante o dia para poderem trabalhar. De tarde, vêm buscá-los. Você vai gostar, pois vai brincar com muitas crianças e as professoras são boazinhas.

– Tem brinquedos?

– Tem bastante.

Assim que saem para a rua, Adele, que estivera, até aquele momento, oculta por detrás de uma árvore da praça fronteiriça, dirige-se ao prédio que abriga a creche e, depois de informar-se com a recepcionista de que Atílio estivera falando com a diretora, pede uma audiência com ela.

– Sente-se, minha senhora. Em que posso ajudá-la?

– A senhora é a diretora, não é?

– Sim.

– Pois bem, vou diretamente ao assunto. Aquele homem, seu Atílio, que veio falar com a senhora...

– O que tem ele?

– Sei que veio pedir um lugar para a filha...

– Sim. Fiquei de lhe dar uma resposta à tarde. Por quê? – pergunta, interessada, a diretora.

– É que... bem... achei que era meu dever vir avisá-la...

– Fale, minha senhora.

– Acontece que ele é um mentiroso.

– Mentiroso?

– Sim. É um vagabundo. Quando sua esposa morreu... e olhe que ela morreu de tanto trabalhar para sustentá-lo. Pobrezinha...

– Continue...

– Como estava dizendo, quando a esposa morreu, os avós maternos queriam ficar com a criança, pois sabiam que ele só sabia vagabundear e beber pelos bares, mas, somente por maldade, ele não quis entregar a filha aos sogros. Fiquei com pena da menina e comecei a tomar conta dela. Depois de quase uma semana sem aparecer, resolveu levar a menina para sua casa, à noite. No dia seguinte, voltou com a pobre da filhinha toda machucada e, quando me revoltei com aquilo, insultou-me e até me ameaçou, levando a filha com ele. Procurei segui-lo à distância e vi que entrou aqui. Por isso, vim esclarecer a senhora sobre toda a verdade.

– Não consigo acreditar. Ele me pareceu tão sincero e a menina parecia gostar muito dele.

– Ele finge muito bem e a menina tem medo.

– É inacreditável. Isso é caso de polícia!

– Por favor, minha senhora, não envolva a polícia nisso, ou a senhora vai estragar tudo.

– Estragar o quê?

– Meu marido, que é muito amigo dele, disse-me que já está quase convencendo-o a entregar a menina aos avós e vai lhe arrumar um emprego.

– Mas ele veio tentar arranjar um lugar para a filha aqui.

– Por maldade, minha senhora. Ele quer ver os avós da menina sofrerem, mas tenho certeza de que, ao perceber que não consegue nada, acabará entregando a filha a eles.

– A senhora acha?

– Tenho certeza que sim. O que lhe peço é que não arrume vaga para ela. Além do mais, ele será bem capaz de não vir mais buscá-la.

– Meu Deus!

– Se a senhora quiser realmente ajudá-lo e à filha, não arrume a vaga e deixe o resto por minha conta e de meu marido. Assim, estará também livrando-se de sérios aborrecimentos.

– Muito obrigada pelo aviso, senhora...

– Maria José – mente Adele.

– Agradeço-lhe novamente, dona Maria José.

– Até logo e... obrigada.

Adele sai satisfeita. Com sua intriga e pérfidas mentiras, conseguira vingar-se daquele que fora a causa de sua discussão com o marido. No fundo, reconhecia que também fazia aquilo num sentimento mórbido de maldade para com a falecida, a quem muito detestava, por despeito de sua beleza e juventude.

São dezesseis horas quando Atílio acorda Lucinha de seu sono vespertino e, arrumando-a com um vestidinho novo, parte com ela em direção à creche. Por todo o caminho, ora pedindo a Jesus que não o desampare. Vai tão confiante, que leva um grande choque ao receber a resposta negativa da diretora.

– Não tenho culpa, seu Atílio. Como lhe disse, não dependia de mim e fiz todo o possível para interceder pelo caso do senhor. – mente a diretora, pois sequer consultara o departamento responsável.

– O que vou fazer agora? – pergunta, visivelmente chocado.

A diretora, diante da sinceridade de Atílio, fica meio desconcertada, pois somente naquele momento lhe vem à mente que dona Maria José é quem poderia estar mentindo.

– Estou com sede, papai. – reclama Lucinha.

– Quando chegarmos em casa, você toma água, filha.

– Vem comigo, meu bem – pede a diretora, levantando-se da cadeira. – Eu levo você para tomar água. Aguarde um momento, seu Atílio.

– Vá com ela, filha.

A diretora sai da sala com a menina, em direção a um bebedouro localizado num corredor da creche e aproveita para fazer-lhe uma pergunta.

– Você tem vovó, Lucinha?

– Tenho.

– Como ela se chama?

– Vovó Adele.

– Onde ela mora?

– Pertinho de casa.

A diretora não sabe que a menina está se referindo à dona Adele a quem acostumara chamar de vovó e, assim, não tem mais dúvidas de que o homem está mentindo, pois havia dito que não tinha parentes e vê confirmada a versão da mulher que a visitara. De volta à sala, desculpa-se com Atílio, dizendo que tem que sair para um compromisso e o dispensa, sem muita contemplação.

O homem volta para casa, desesperado, pois não sabe o que fazer. Pensa em recorrer a outra família do bairro, mas depois do acontecido entre dona Adele e sua filha, não tem coragem de se arriscar em deixar a menina com mais alguém.

**

Na manhã seguinte, na fábrica:

– O que está fazendo aqui com sua filha, Atílio? Você tem que trabalhar hoje, pois já faltou ontem. – argumenta Narciso, preocupado, ao ver o amigo chegar com a menina.

– Estou com problemas, Narciso.

– Que problemas?

Atílio conta-lhe, então, os acontecimentos, desde quando descobriu que dona Adele batia em sua filha até a conversa final com a diretora da creche.

– Que coisa, Atílio! E o que pretende fazer?

– Não sei... não posso perder mais dias de trabalho. Estava pensando que, talvez... bem... será que a menina não poderia ficar por alguns dias, aqui na fábrica, enquanto trabalho?

– Você está maluco, Atílio?! Isto aqui é muito perigoso e, além do mais, o patrão não vai permitir, de maneira alguma. É contra o regulamento!

– Eu sei, mas ela poderia ficar brincando lá nos fundos, com a boneca que lhe comprei. Ninguém nunca vai lá e não tem perigo. De vez em quando, vou dar uma olhada.

– Não posso permitir, Atílio. Desculpe-me, mas também poderei perder o emprego por isso.

– Só por hoje, então, Narciso. Você sabe que não posso faltar dois dias seguidos sem um atestado médico e, amanhã, poderei não vir trabalhar novamente. Tentarei encontrar outra solução. – suplica Atílio, com desespero no olhar.

Narciso não sabe o que fazer, pois é o responsável pelos operários daquele setor e se a criança for descoberta poderá complicá-lo. Fica pensativo, por alguns instantes, diante daquele dilema. Não pode desobedecer ao regulamento, mas também não tem coragem de não atender ao amigo.

– Atílio, o que posso fazer é o seguinte: você faz o que quiser com a menina, mas faço de conta que não estou sabendo de nada. Se algo acontecer ou o patrão descobrir, vou dizer que desconheço o fato.

– Muito obrigado, Narciso. Você é um grande amigo.

– Peço que me desculpe, mas também não posso arriscar o meu emprego. O máximo que posso fazer é "fechar os olhos" e deixar a responsabilidade por sua conta.

– Pode ficar tranquilo, que não o envolverei nisso e, além do mais, Lucinha é boa menina e nada vai acontecer.

– Assim espero.

Atílio pega, então, a menina e, fingindo levá-la para fora da fábrica, dá volta em torno do barracão e a conduz a um pequeno rancho, próximo à porta detrás daquele prédio. A máquina que opera fica bem próxima àquela saída e sabe que poderá vigiar a menina.

– Filhinha, o papai vai lá dentro trabalhar. Fique

quietinha aqui, brincando com a boneca e não saia deste lugar. Daqui a pouco, volto para ver você.

A menina senta-se em um caixote velho e começa a "conversar" com a boneca.

A manhã transcorre normalmente. Atílio trabalha como se nada estivesse acontecendo e a cada meia hora vai ver a filha. Quando chega a hora do almoço, pega sua marmita no restaurante da empresa e, sorrateiramente, vai repartir com a menina.

– Papai, quero ir para casa.

– Fique boazinha que logo vamos voltar e amanhã passearemos novamente.

Quando a sirene toca, anunciando o retorno ao serviço, Atílio, depois de várias recomendações à menina, volta ao seu posto e recomeça o trabalho.

***

– Vem aqui, gatinho – chama Lucinha, ao ver, próximo a si, um bonito gato cinza.

– Vem cá, vem.

O felino aconchega-se a ela, esfregando seus pelos em suas perninhas. A menina acaricia-o e pega-o no colo, atirando a boneca de lado. Ao apertar um pouco em demasia o corpo do gato, este desprende-se de seu abraço e, pulando ao chão, começa a caminhar lentamente.

– Volte aqui, gatinho. – pede, estalando os dedinhos e indo atrás dele.

Percorrem uns trinta metros até que o bichano resolve esconder-se dentro do barracão. A menina continua em seu encalço. O gato, ao se ver no meio de tanta gente e do grande barulho das máquinas, sente-se acuado e dispara mais para o interior da fábrica. Lucinha, em sua ingenuidade, corre atrás.

Nesse momento, um dos operários que controla, eletronicamente, uma ponte rolante, movimentando grande e pesada peça de ferro fundido, tem enorme sobressalto ao ver que a peça vai atingir a menina, em seu caminho. E, num gesto repentino e calculado, aperta um botão de comando para que a peça se solte da ponte e caia ao chão antes de atingir a criança. Enorme estrondo ecoa por toda a fábrica, quando o impacto da gigantesca peça com o solo espatifa-a toda, abrindo um grande rombo no chão de cimento. A correria é enorme em direção ao acidente. Máquinas são desligadas e o alarme soado. Atílio também corre.

– O que aconteceu? – pergunta Menezes, diretor da firma, que acabara de entrar na fábrica por uma porta lateral, atraído pelo barulho.

– Ainda não sei. – responde Atílio, que passa por ele correndo.

Enorme número de operários encontra-se aglomerado em torno da menina.

– Você está bem, garota? – pergunta um dos homens, abaixado diante de Lucinha que, ainda de pé, olha espantada para todos.

– Eu quero o papai! – choraminga, assustada.

Naquele momento, Atílio, que já está abrindo caminho por entre os operários, ouve a voz da filha.

– Lucinha! Lucinha! Deixem-me passar!

Abraça a menina e, freneticamente, começa a apalpá-la para ver se não está ferida.

– Você se machucou? – pergunta, ansioso.

– Papai! – responde a menina, apertando seus bracinhos em volta do pescoço do pai.

Atílio olha por sobre os ombros da menina e vê a grande peça destroçada, a poucos metros.

– O que aconteceu? – argui, energicamente, o diretor da empresa, ao chegar ao local.

– A culpa não foi minha, seu Menezes. A menina entrou aqui, correndo, quando eu estava movimentando a peça com a ponte. Para não atingi-la, fiz cair tudo no chão. Não tive culpa. – fala, assustado, o homem, girando nervosamente o olhar para todos.

– Quem é essa menina?

– É minha filha. – responde Atílio

– Sua filha?! E o que ela estava fazendo aqui?!

– Ela estava lá no rancho, atrás da fábrica, me esperando.

– Desde que hora ela está aqui?

– Desde cedo. Não tinha com quem deixá-la. O senhor sabe... minha esposa morreu...

– Narciso!

– Senhor...?

– Foi você quem permitiu isso?

– Narciso não sabia de nada, seu Menezes. Eu a trouxe às escondidas.

– Você já pensou que ela poderia estar morta, agora, por causa de sua imprudência?

– Sim, mas... eu estava desesperado, sem saber onde deixá-la enquanto trabalhava.

– Isso foi uma irresponsabilidade muito grande. O senhor poderia deixá-la em alguma creche ou com alguma vizinha. E, além do mais, o senhor conhece os regulamentos da fábrica. Por sua causa, uma peça caríssima foi totalmente destruída. Considere-se despedido. Pode apanhar suas coisas e dirigir-se ao departamento do pessoal.

– Seu Menezes...

– Eu já disse: está despedido.

Dizendo isso, o diretor afasta-se rapidamente, enquanto Atílio, ainda abraçado à menina, fica olhando, apalermado, para os colegas de trabalho que, lentamente, vão se afastando e retornam ao trabalho. Somente Narciso fica ao seu lado.

– Eu lhe avisei, Atílio. Mas que azar!...

– Narciso! – chama o chefe do pessoal da outra ala.

– Sim...

– Forme uma turma para limpar o local dos escombros e diga ao Atílio para apresentar-se, imediatamente, ao departamento do pessoal.

Atílio levanta-se com a menina ao colo e, arrasado, caminha em direção aos escritórios. Lá chegando, são explicados todos os detalhes de sua demissão e, ao cabo de duas horas, recebe o que lhe cabe em dinheiro, assina diversos papéis e é convidado a retirar-se da fábrica.

Com a menina ainda nos braços, caminha pelas ruas sem conseguir raciocinar, parecendo viver um pesadelo. Nesse momento, começa a sentir todo o peso dos últimos acontecimentos: a morte de sua esposa, os maus tratos à sua filhinha, a recusa da diretora da creche e, agora, sua demissão do emprego. Sente-se aniquilado e, sentando-se em um banco de uma pequena praça, não contém a emoção e entrega-se às lágrimas.

– Por que o papai está chorando? – pergunta Lucinha.

Atílio olha para a menina. Seu rostinho ingênuo e puro corta o seu coração, pois percebe quão indefesa está a criança perante o mundo que os cerca. E, nesse momento, revestindo-se de uma grande mudança em suas emoções, responde-lhe:

– Por nada, minha filha. Por nada. Gente grande, às vezes, também sente vontade de chorar. Mas já passou. E agora vamos para casa.

No caminho de volta, refaz-se um pouco, com o pensamento voltado em lutar arduamente pelo futuro e proteção daquela criaturinha.

Chegando em casa, banha-se e à menina, prepara algo para comerem e, depois de colocar Lucinha na cama, deita-se também. Não consegue dormir, tentando descobrir a melhor maneira de resolver os seus problemas. Depois de muito pensar, resolve que o melhor a fazer é encontrar, primeiro uma escola ou creche para a filha, em qualquer outro bairro da cidade e, depois, procurar algum emprego nas redondezas. Sabe, também, que precisa resolver isso logo, pois o pouco dinheiro que tem dará, apenas, para se manter por alguns dias.

De manhã, bem cedo, sai, juntamente com a filha, à procura do que se propusera na noite anterior. Consegue visitar uma escola do tipo "maternal" e duas creches, em dois bairros da cidade, voltando, já à noitinha, cansado e sem nem um resultado satisfatório. O "maternal" tem que ser remunerado e a matrícula é caríssima. As duas creches já estão literalmente lotadas, apenas conseguindo promessas de uma vaga para o ano seguinte. Lucinha, coitada, de tão cansada, volta dormindo em seus ombros. Com muito custo, consegue fazer com que beba um copo de leite, pois a menina mal abre os olhos, de tanto sono. Mas Atílio não se deixa abater. A cidade é grande – pensa – e ainda existem muitas creches para visitar, sendo sua maior preocupação o dinheiro, que é pouco. Nessa noite, consegue dormir rapidamente, pois o cansaço lhe entorpece a mente e o corpo.

No dia seguinte, volta a procurar outros lugares, mas, novamente, só consegue encontrar o cansaço e a negativa. E, durante oito dias tenta, inutilmente, um lugar para que a menina possa ficar enquanto trabalha. Reconhece que um emprego também é difícil de se encontrar, mas se conseguir um lugar para a filha, pelo menos ela terá o que comer e será tratada com carinho.

Mais um dia se passa.

"– Meu Deus! Que fazer? Já não aguento mais essa procura, em vão. Meu dinheiro está acabando. Ajude-me, Jesus. Como farei para alimentar essa criaturinha que foi colocada sob minha guarda?" – ora, desesperadamente, enquanto Lucinha brinca com quinquilharias, em seu quarto de dormir.

Nesse momento, batem à porta e Atílio vai atender, fazendo entrar dona Berta, esposa de seu Manoel, proprietário da casa onde mora.

– Como vai, dona Berta?

– Mal, seu Atílio, muito mal.

– O que aconteceu?

– Então o senhor não sabe que o Manoel ficou doente e está hospitalizado?

– Não, dona Berta. Não soube de nada.

– Pois é, seu Atílio. Manoel está com um lado de seu corpo paralisado e não consegue nem falar. Que desgraça...! – e começa a chorar.

– Meu Deus! Juro-lhe que não sabia de nada.

– Como estamos sofrendo!

– Eu imagino...

– Seu Atílio, o senhor me desculpe vir incomodá-lo a esta hora, mas estou precisando de dinheiro e queria pedir-lhe para adiantar-me o pagamento do aluguel. Na verdade, faltam somente oito dias para o senhor nos pagar.

Atílio leva um choque. Com todos os reveses por que tem passado, por momento algum lembrou-se do aluguel. Inclusive, havia pago, adiantado, ao seu Laurindo para que dona Adele tomasse conta de Lucinha, pensando em pedir ao seu Manoel para esperar uns dias.

– Bem, dona Berta, – mente Atílio – ainda não recebi o pagamento e a senhora sabe... tive muitas despesas com a morte de minha esposa.

– Oh, sim, havia-me esquecido. Deve ter passado por sérias dificuldades. O senhor me desculpe, mas é que as despesas com médicos e hospital estão tão caras que...

Atílio sente enorme pena daquela senhora que, juntamente com seu Manoel, sempre lhe dedicou grande compreensão quando de suas dificuldades financeiras.

– Dona Berta, – interrompe – infelizmente, não posso lhe adiantar o aluguel, mas espere um pouco que eu vou dar uma olhada no dinheiro que tenho em casa e, talvez, possa arrumar alguma coisa.

– Faça o favor, seu Atílio. Estamos muito necessitados.

Atílio vai até o quarto e abre sua carteira.

"– Meu Deus, – pensa – o que farei?"

Quer ajudar a pobre mulher, mas sabe que se tirar

qualquer centavo que seja, estará tirando, talvez, o alimento de sua filha. Não tem coragem de contar à mulher, pelo menos por enquanto, sobre a situação por que passa. Fecha a carteira e volta para a sala.

– Sinto muito, dona Berta. O pouco que tenho, mal dá para passar até o dia do pagamento.

– Não faz mal, seu Atílio. Pedirei aos médicos que esperem mais um pouco. Tenho certeza de que Deus me ajudará nisso. Sei que se o senhor tivesse, me ajudaria e agradeço o seu interesse. Deus lhe pague. Desculpe-me importuná-lo.

– Dê um abraço em seu Manoel. Espero que fique bom logo.

– Obrigada, seu Atílio. Boa noite.

– Boa noite – responde-lhe o homem, já despedindo-a na porta.

Atílio sente-se francamente abalado. "- Como farei para pagar o aluguel? – pensa, desesperado. – E, ainda por cima, dei esperanças à pobre mulher!"

Senta-se pesadamente em uma cadeira e o desespero toma conta de sua mente.

– Papai, o senhor vai chorar outra vez? – pergunta-lhe Lucinha, entrando na sala.

Atílio abraça a menina e, como tantas outras vezes, consegue, dessa maneira, revitalizar-se mais um pouco.

A DESMEMORIADA

– DECIDIDAMENTE, NÃO SEI COMO AJUDÁ-LA, MINHA senhora. – fala, mansamente, seu Januário, dono de uma padaria, localizada no centro de uma pequena cidade interiorana – A senhora não sabe seu nome, não sabe quem é, de onde veio... Realmente, não se lembra de nada?

– Não sei... está tudo muito confuso dentro de minha cabeça... a única coisa que sei é que tenho que ir para Boiadas.

– Boiadas? É uma cidade aqui perto. A senhora conhece ou se lembra desse lugar? Lembra-se de alguém?

– Olha, seu moço, não conheço ninguém, nem nada. Como já me disseram, em outras cidades por onde passei, devo ter perdido a memória. E é tudo muito estranho... não me lembro de nada... por outro lado, sei ler, sei escrever, fazer tudo o que as pessoas fazem. Só não sei quem sou.

– Mas lembra-se de Boiadas?

– Não, não me lembro. Apenas sei que devo ir lá.

Acho que, nesse lugar, encontrarei respostas e pessoas que devam me conhecer.

A mulher está mal vestida, quase que em andrajos, cansada e suja. Aparenta ter, aproximadamente, uns trinta e cinco anos de idade. Debaixo de toda a sua aparência de andarilha, percebe-se facilmente um rosto bonito, de traços leves e suaves.

– Januário, – interrompe dona Olga, sua esposa, que, até aquele momento, ainda não intervira na conversa do marido e que apenas os ouvia, enquanto atendia os poucos fregueses que entravam na padaria – acho que podemos ajudar a mulher. Minha senhora, – dirige-se, agora, à estranha – só existe uma maneira de ajudá-la: vamos levá-la até Boiadas.

– E a padaria, Olga?

– O Carlinhos pode tomar conta. O movimento, hoje, está fraco. Além do que, Boiadas fica a menos de uma hora de viagem e à noite já estaremos de volta.

Januário fica indeciso e, pedindo licença à andarilha, leva a esposa para um cômodo contíguo.

– Olga, acho que está certo ajudarmos essa mulher, mas e se ela não se lembrar de nada lá em Boiadas? O que faremos com ela?

– Bem... acho que... ora, isso a gente resolve depois. Estou com muita pena dela, pobre coitada, e alguém tem de fazer alguma coisa por ela.

– Está bem. – concorda o homem, refletindo por alguns segundos.

Voltam os dois para o balcão, onde percebem o desejoso e esfomeado olhar da mulher em direção à vitrina que expõe deliciosos doces e pães de vários tipos.

– A senhora está com fome?

Engolindo a saliva que se lhe acumulara na boca, a desventurada concorda com a cabeça, meio envergonhada.

Dona Olga prepara-lhe um sanduíche e um copo de leite. Enquanto se alimenta, seu Januário chama Carlinhos e lhe dá instruções quanto ao serviço de atendimento da padaria.

Terminada a ligeira refeição, entram os três no carro de seu Januário e rumam para Boiadas. Já é uma hora da tarde.

– Quanto tempo faz que a senhora está andando, de cidade em cidade, rumo a Boiadas?

– Não sei bem ao certo, mas já faz muitos dias. Quando tive esse lampejo na memória, de que deveria dirigir-me a Boiadas... parece até incrível... mas já estava perto daqui. Não sei por que motivo me dirigia para este lado.

– E por que e como a senhora viajava, sempre?

– Eu passava todo o tempo esmolando comida e dinheiro. Quando este era suficiente, comprava uma passagem para uma cidade vizinha àquela em que me encontrava e partia na esperança de encontrar alguém, algum lugar ou alguma coisa que me fizesse lembrar o passado. Passei por cidades grandes, pequenas. Passei muita fome e frio, dormindo ao relento, até que resolvi procurar Boiadas. Quando isso me aconteceu, como já disse, já estava perto daqui.

Quando já tinham viajado por cerca de quarenta minutos, inesperadamente, a mulher solta um grito:

– Pare o carro!

– Hein?!

– Pare o carro! Conheço este lugar.

Seu Januário estaciona o automóvel no acostamento da estrada e dá passagem para que a mulher desça. Esta, assim que sai do carro, corre cerca de uns cento e cinquenta metros e estaca. Logo em seguida, chega Januário, seguido de dona Olga, ambos exaustos.

– O que foi?!

– Vocês estão vendo aquela casinha, lá embaixo?

– Sim.

– Conheço esse lugar... tenho certeza!

A mulher cerra os olhos na tentativa de recordar-se de alguma coisa.

– Estou me lembrando...

– De quê?

– Lembro-me... deixe-me ver... era criança, ainda... o rio... tem um rio que passa por trás da casa... – abre os olhos – ... estão vendo aquela mata, atrás da casa?

– Sim – responde Olga.

– Pois é... tenho certeza de que lá passa um pequeno rio...

– E que mais?

– Não me lembro... Vamos até lá...? Tenho certeza de que me lembrarei.

Januário olha, interrogativamente, para dona Olga que concorda maneando a cabeça.

– Vamos, sim. Talvez o que ou quem procura esteja lá.

Voltam para o carro e, retornando uns quinhentos

metros, encontram um atalho que os leva até o local. Estacionam defronte à casa e, descendo do carro, batem palmas.

– Pois não... – atende, abrindo a porta, uma mulher de idade avançada, acompanhada de uma outra de pouco mais de trinta anos e mais dois meninos.

Januário e Olga olham para a andarilha e para os outros, esperando, talvez, um reconhecimento. Todos se entreolham mas nada acontece, de ambas as partes.

– Pois não... – insiste a velha.

É Januário quem se apresenta.

– Desculpe-nos incomodá-las. Meu nome é Januário e esta é minha esposa Olga. Moramos em Urtigal, onde temos uma padaria...

– Conheço o senhor, mas... em que podemos ajudá-los?

Januário relata, então, às mulheres, o problema da andarilha e que esta parece ter reconhecido aquele local.

– Nós nunca vimos essa senhora antes. – afirma a velha, o que é confirmado pela outra.

– Parece-me que conheço este lugar. Lembro-me bem desta casa e do rio que passa ali atrás, na mata.

A jovem interrompe-a:

– Olhe, minha senhora, esta casa é bastante antiga e minha mãe mora nela desde menina e, com respeito ao rio que a senhora fala, posso lhe afirmar que não há nenhum rio ali na mata.

A andarilha olha, desconcertada, para todos e, antes que consiga balbuciar qualquer coisa, a velha toma a palavra.

– Realmente, moro aqui desde os três anos de idade e esta casa já era assim. Nada foi mudado. Quanto ao rio, minha filha não chegou a vê-lo, mas na verdade, existia um que cortava aquela mata, porém, quando foi construída a estrada, bloquearam a passagem da água e ele secou.

– Não sabia disso, mãe.

– Faz muito tempo que isso aconteceu.

A andarilha se emociona e pergunta:

– Ainda existe um grande toco de árvore, cortado na diagonal?

Espantada, é a mais nova quem lhe responde:

– Venha ver...

Descem todos para o local mencionado e até Januário emociona-se ao ver um grande toco de árvore, já bastante apodrecido que, pelo tamanho e quantidade de raízes não deve ter sido possível retirá-lo. Realmente, ele estava cortado em sentido diagonal.

Todos ficam alguns segundos em silêncio, enquanto a andarilha caminha até perto de um rasgo, de cerca de três metros de largura por uns dois metros de profundidade, que corta o solo onde deveria ter sido o leito do rio.

A velha interrompe o silêncio:

– Minha senhora, realmente tem razão quanto ao rio. Só não entendo como é que tem lembranças deste lugar, pois esse rio secou logo que vim morar aqui com meus pais e eu tinha, nessa época, apenas três anos de idade. Hoje, tenho sessenta e três anos. Isso quer dizer que o rio não existe mais há aproximadamente sessenta anos e você não aparenta mais do que, talvez, quarenta.

Todos ficam surpresos com essa afirmação, principalmente a andarilha, que já não sabe o que dizer. Januário tenta consolá-la:

— Minha senhora, acho que estamos perto de descobrir quem você é. Talvez, a senhora tenha visto uma fotografia deste local e lembrou-se de quando o viu. Acho que isso é um grande passo, pois significa que sua memória já está, talvez, querendo fluir livremente. Tenha um pouco de paciência. Vamos voltar à estrada e rumar para Boiadas. Talvez lá...

Agradecem a cooperação das mulheres daquele local e voltam para o carro.

Percorrem os quilômetros que faltam para chegar a Boiadas, em silêncio. Talvez motivados pela emoção que tiveram naquele pequeno sítio, Januário e Olga sentem-se bastante envolvidos com o caso daquela mulher desmemoriada e é com ansiedade e com certo receio que começam a percorrer as primeiras ruas de Boiadas, cidade interiorana de médio porte.

A andarilha não demonstra sinal algum de reconhecimento do lugar. Rodam por mais alguns minutos chegando, enfim, à praça principal, onde Januário imagina ser o local de maior interesse para o caso em questão, pois que, em qualquer lugar, esse tipo de logradouro é o mais conhecido de toda a cidade. A praça é grande e arborizada com árvores enormes e bastante antigas.

Descem os três do carro, encaminhando-se para o centro da praça. A andarilha olha e examina todo o derredor até que seu olhar se fixa num sobrado antigo, com sacadas nas janelas, tendo, no andar térreo, um bar, com suas portas abertas e voltadas para a praça. Ao lado das portas abertas, um pequeno portão, em forma de grade, dá acesso a uma escada íngreme que termina em uma porta de madeira. A mulher arregala os olhos e grita:

– Meu Deus! O que está acontecendo?!

Olha novamente em volta e parece ter um choque.

– Adolfo! Adolfo! – começa a gritar, enquanto corre em direção ao sobrado.

Januário e Olga, perplexos, correm em seu encalço.

– Espere! Espere! – grita Januário, correndo, sem conseguir alcançá-la, pois a mulher parece alucinada e corre freneticamente.

A andarilha chega em frente ao bar, olha para dentro, de onde os poucos frequentadores devolvem o olhar assustado e interrogativo. Parecendo desesperada, abre o pequeno portão e sobe precipitadamente os degraus. No último lance da escada, encontrando a porta fechada à chave, esmurra-a com ímpeto, gritando:

– Adolfo!!! Adolfo!!! Abra a porta!!!

Somente nesse momento é que Januário e Olga conseguem chegar no começo da escada, juntamente com os frequentadores do bar que, ouvindo os gritos da mulher acorrem até ali. A porta se abre, surgindo uma moça que é empurrada pela andarilha, casa a dentro.

– Adolfo!!! Onde você está?!... Quem é você?! – pergunta ameaçadoramente à moça que lhe abrira a porta.

Nesse momento, Januário e mais algumas pessoas, inclusive o dono do bar, morador do sobrado, entram também.

– O que está acontecendo?! Quem é você?! Saia já daqui! – ameaça o proprietário do bar.

– Esta é minha casa! – responde a andarilha. – Onde está Adolfo?!

– Adolfo?! Que Adolfo?!

– Adolfo, meu marido! Nós moramos aqui.

– Não existe Adolfo nenhum, minha senhora, e esta casa é minha.

A andarilha deixa-se cair numa poltrona e põe-se a chorar, convulsivamente. Enquanto dona Olga tenta consolá-la, Januário explica, em rápidas palavras, o que acontece com aquela senhora, dizendo, também, que não entende tal procedimento.

– Pobre mulher... – exclama o dono do bar.

Aparentando um pouco mais de calma, a andarilha volta a falar:

– Por favor, alguém me explique o que está acontecendo... Onde está Adolfo? E que roupas horríveis são essas que estou usando?!

– Minha senhora, – fala Januário – nós a trouxemos até esta cidade e...

– Vocês me trouxeram?! Trouxeram de onde?! Esta é minha casa! Quem são todos vocês?! Eu não os conheço!

– Minha senhora... – insiste Januário.

– Deixe-me falar, por favor. – suplica a andarilha – Acho até que estou sonhando, tendo um pesadelo! Saí, agora há pouco, com destino à casa de Regina, uma de minhas... bem... uma de minhas funcionárias e quando estava ali, bem no meio da praça, senti um estalo em minha cabeça e, de repente, tudo havia se modificado. Quase todas as casas estavam diferentes e... até o nosso bar... tudo mudado. Será que estou tendo um sonho?

Levanta-se, rapidamente, e vai até a porta, dando um grito:

– Continua tudo mudado!!! Até a praça está diferente!!! E Adolfo?! Onde está Adolfo?!

Completamente fora de si, parecendo entrar num colapso nervoso, desfalece nos braços do dono do bar.

– Chame o Dr. Fernando, Vera. – pede o proprietário da casa, enquanto coloca a mulher deitada no sofá da sala. Em seguida, corre até a cozinha e volta trazendo um pouco de álcool, com o qual esfrega os braços e o rosto da mulher, na tentativa de reanimá-la.

A andarilha ainda está desacordada quando chega o médico que a examina e, prontamente, pede que a levem até o hospital, onde deverá ser internada, pois constata sinais de anemia e esgotamento físico.

Sendo colocado a par do ocorrido, diagnostica o mal como sendo fruto de intensas emoções onde ela não consegue mais ver a realidade e passa a ter alucinações.

Já hospitalizada e devidamente medicada com tranquilizantes e soro para recobrar as forças, o médico explica a Januário que ela terá de passar alguns dias, ali, no hospital, para que se recupere e possam ser feitos alguns exames mais apurados.

Januário e sua esposa, já por demais envolvidos emocionalmente com aquela estranha, prontificam-se a pagar as despesas com o tratamento hospitalar. Porém, não querendo envolver-se, mais ainda, com a situação que presumem não ter uma solução ou saída tão fácil, pedem ao médico que lhes envie a conta das despesas e que encaminhe a mulher a uma instituição filantrópica que possa cuidar de seu caso.

– Não se preocupe, seu Januário. Se ela continuar com esses sintomas, os quais considero psicopáticos, deverei, por uma questão profissional, enviá-la a um hospital psiquiátrico.

Tudo praticamente acertado, voltam para seus lares e afazeres, satisfeitos por terem ajudado a um semelhante em situação tão adversa.

※※※

Naquela noite, Januário e Olga não conseguem dormir, compadecidos que estão com o destino que está reservado àquela desconhecida que, tão inesperadamente, entrara em suas vidas.

– Será que ela, realmente, está louca, Januário?

– Não sei. Ela me parecia bastante lúcida e normal quando esteve aqui, não obstante a perda da memória. Não consigo entender essa lembrança com respeito àquela casa e ao local. E quem será Adolfo?

– Por mais que pense sobre o caso, não consigo ver loucura naquela mulher. Será que ela não recobrou a memória ao ver aquela casa que, talvez, fosse parecida com a sua, mas que, na verdade, encontra-se em outra cidade?

– Não sei o que dizer, Olga. E, além do mais, por que essa fixação em ir até Boiadas?

Ficam alguns minutos em silêncio, sem, no entanto, conseguirem livrar o pensamento de toda aquela história.

– Acho que deveríamos fazer mais alguma coisa por ela. – diz Olga, rompendo o silêncio.

– Fazer o quê, mulher?

– Sei lá... o que não me conformo é que, talvez, ela seja internada em um manicômio. Porque, se, realmente, existir uma casa igual ou parecida àquela em outra cidade, como você disse,... se ela tiver parentes... se existir mesmo o tal Adolfo, ela nunca o encontrará se for internada. E sofrerá muito. Acho que, talvez, tivesse sido melhor se ela não houvesse, se é que isso aconteceu, recuperado a memória.

– Você tem razão, mas o que poderíamos fazer por ela?

– Acho que deveríamos impedir que ela fosse internada.

– Mas como? E... o que faríamos com ela? Não podemos trazê-la para a nossa casa.

A mulher fica pensativa por alguns instantes, parecendo querer dizer alguma coisa, mas ao mesmo tempo receosa de externar os seus pensamentos. Até que resolve:

– Poderíamos falar com o pessoal do Bairro dos Estranhos.

– Bairro dos Estranhos?! Você ficou maluca, mulher?!

– Maluca, por quê?

– Dizem que aquela gente tem parte com o demônio. Você já ouviu falar disso. O padre...

– Ora, Januário, não me diga que você acredita nessas histórias...

– Ah!... Eu não sei...

– Aquele pessoal só faz o bem, Januário. Está certo que eles têm uma religião diferente. Que o padre é contra. Falam com os Espíritos, sei lá o quê... Mas sei que fazem o bem e que muita gente, aqui da cidade, vai lá, nas reuniões que eles fazem. Vão escondidos, mas que vão, vão!

– E como eles poderiam ajudar?

– Sei lá, mas eles têm um bairro grande e sei também, como já disse, que estão sempre prontos a ajudar as pessoas. Além do mais, deve ter, lá, algum lugar para ela morar e até, quem sabe, trabalhar nas hortaliças.

– Pode ser, mas... como faremos para falar com eles?

– Indo até lá, ora.

– Agora você ficou maluca mesmo. Eu é que não vou lá.

– Por que, Januário? Não me diga que tem medo.

– Medo, eu?! Ora, não diga tolices. Você sabe que eu não tenho medo de nada.

– Então...

Januário sabe que está acuado. Se não for, é bem possível que Olga pense que tem medo e se existe uma coisa que ele não admite é que o chamem de medroso.

– Está bem. Nós iremos até lá, mas com uma condição: irei com seu crucifixo pendurado no pescoço e com a medalha de São Judas, meu protetor.

– Combinado, então. – concorda a mulher, satisfeita. – Iremos amanhã, à tarde. Depois, conversaremos a respeito com o Dr. Fernando.

DESESPERO

POR TRÊS VEZES, ATÍLIO PROCUROU FALAR COM SEU Menezes, diretor da empresa na qual trabalhava, mas nunca conseguiu encontrá-lo. Percebe que, na verdade, a secretária lhe mente sobre a ausência do diretor. Fica sabendo também que Narciso fora despedido, o que lhe causa grande desgosto.

Por mais quatro dias, continua a exaustiva procura de um lugar para Lucinha, mas, como das outras vezes, vê-se frustrado nesse seu intento. Nesses últimos dias, descobriu que, praticamente, o fato de estar desempregado impede a matrícula da criança em qualquer lugar. Percebe que aqueles que alegam falta de vagas servem-se desse expediente, apenas como desculpa. Então, o desespero lhe invade a alma, numa proporção que ainda não havia experimentado. Sabe que não adianta mais tentar, pois vê a impossibilidade total de conseguir o que procura. O último dinheiro foi gasto com o almoço que comprara para si e para a menina, naquele dia. O leite que tem em casa dá apenas para a manhã seguinte e lembra-se, também, que dali a alguns dias terá de resgatar o aluguel.

"– Meu Deus! – implora, chorando – Ajude-me. Mostre-me um caminho, uma ideia que seja, para que eu consiga ver uma alternativa para os meus problemas. Não penso em mim, meu Deus e o Senhor sabe disso. Penso apenas em Lucinha. Por favor..." – e as lágrimas não são contidas.

Nesse instante, um pensamento surge-lhe na mente. Não chega a ser uma idealização completa, mas apenas um vislumbre.

"– Não! – pensa, taxativamente. – Isso não! Nunca! Meu Deus, isso não!"

Espantara-se com a ideia, pois que, por nenhum momento havia pensado nisso e, agora, que havia pedido mentalmente uma solução ao Alto, ela lhe viera tão rápida e clara.

"– Não! – pensa, novamente, reagindo à ideia. – Não acredito que isso tenha sido uma inspiração. Nunca! Nunca darei minha filha! Ela não será adotada por ninguém! Nunca a abandonarei! Nunca..." – e continua a chorar, desesperadamente.

Permanece por mais alguns minutos naquele estado e resolve deitar-se, mas como sempre, não consegue dormir de imediato. Quanto mais tenta afugentar aquela ideia, mais vê, nela, a única solução. Sabe que não tem mais dinheiro e nem tem ninguém a quem recorrer. Como fará para alimentar a filhinha? Talvez abandonando-a num orfanato, possa acontecer de algum casal adotá-la e dar-lhe uma educação e um futuro. Volta a olhar para a pequena que dorme tranquilamente ao seu lado.

"– Não! – rejeita novamente a ideia. – Não posso fazer isso. É a única coisa que me resta e ela não conseguiria ficar sem mim."

De manhã, prepara o último copo de leite que tem em casa e o serve à filha.

– Papai, nós vamos ter que andar outra vez, hoje?

– Não, Lucinha. Hoje só vamos passear – responde Atílio, porque, mesmo que quisesse sair à procura de alguma creche em outros bairros da grande cidade, não o poderia fazer. Não tem dinheiro para pagar as passagens dos ônibus circulares.

Nesse dia, pede comida num bairro mais afastado, a alguns quilômetros de distância. Quanta humilhação sofre com isso! Seu coração parece esmagar-se dentro do peito, vendo sua filhinha, sentada na calçada, comendo avidamente aquelas sobras de comida que uma senhora lhes dera. E, o mesmo, à tardezinha e por mais dois dias. No quarto dia, resolve pedir em outro local, pois já está tornando-se por demais conhecido e as pessoas começam a negar auxílio.

Porém, nessa nova localidade, nada consegue e a menina já começa a reclamar da fome que sente. É, então, que novamente a angústia o acomete e, quando estão caminhando sem rumo certo, por força do acaso, passam defronte a um grande orfanato, onde vê inúmeras crianças brincando, felizes e despreocupadas.

– Deixe eu brincar com elas? – pede a menina.

Atílio sente um frio lhe percorrer a espinha.

"– Meu Deus! – pensa – será, realmente, esta, a solução?"

– Deixa, papai?

– Agora não, filhinha. Venha, vamos sentar naquele banco da praça. Depois, iremos comer.

A praça fica localizada defronte ao orfanato e os dois sentam-se onde dá para a menina ficar olhando as crianças, por entre as grades. Atílio deita-a no banco com a cabecinha apoiada em suas pernas e lhe acaricia os cabelos. Ao cabo de alguns minutos, a menina adormece.

A mente de Atílio ferve de indecisão, ao mesmo tempo que sofre por ver sua filhinha, ali, com fome. E, num impulso repentino, como alguém que, tomado de grande coragem faz o inevitável, levado por movimentos quase que mecânicos, apanha a menina nos braços e dirige-se em direção ao orfanato. Abre o portão, deposita a menina à porta de entrada do prédio e sai, sorrateiramente, para que ninguém o perceba. Na rua, olha para trás e, com enorme emoção fala baixinho:

– Perdoe-me, minha filhinha do coração, mas é o que melhor posso lhe oferecer. Seja feliz e que Deus a ampare e proteja.

E, como um louco, sai em disparada por entre os transeuntes. Quando o cansaço o impede de correr mais, começa a caminhar como um autômato sem vida, pelas ruas da cidade. Horas e horas, caminha sem direção e, talvez, movido por algum instinto é que chega à sua casa, por volta de três horas da madrugada.

Somente naquele momento, dá-se conta do que fizera e o desespero arrebata-lhe o ser. Sabe, na sua maneira de raciocinar, que fizera o melhor, mas reconhece que não conseguirá aguentar a separação, chegando à conclusão de que, talvez, fosse melhor que sua filha se tornasse, realmente, uma órfã, não só de mãe, mas também de pai.

E, então, friamente, escreve uma carta a dona Berta, mentindo-lhe que tivera de ir com a menina para o norte do país e que não tinha condição de deixar o dinheiro do aluguel. Pede-lhe mil desculpas e o seu perdão. A seguir, para que a mulher não desconfie de sua mentira, enche uma mala com roupas suas e de sua filha e sai de casa. Caminha por mais algumas horas e, quando raia o dia, posta-se defronte de uma loja de artigos agropecuários onde sabe vender poderoso veneno para ratos. Esmola por mais algumas horas até que, ajuntando dinheiro suficiente, consegue comprar um frasco de raticida. Durante a sua caminhada, já havia planejado o local da própria execução, mas, antes, resolve passar pelo orfanato, pois não resiste à ideia de ver a filha pela última vez, nem que seja de longe, mesmo porque não quer ser notado por ela. Durante o trajeto, permanece firme em sua decisão e até mesmo conformado, porque tem certeza de que verá Lucinha feliz e satisfeita, brincando com as outras meninas.

✳✳✳

Quando chega ao orfanato, diversas crianças estão no pátio arborizado. Do lado de fora e por detrás dos altos pinheiros que acompanham, internamente, a grade, procura ansiosamente pela menina. Vai acompanhando a cerca viva até que ouve vozes. São algumas professoras que conversam com Lucinha. Esta, cabisbaixa e sentada no chão de terra, soluça baixinho. Seus olhos estão inchados de tanto chorar.

– Você precisa comer, menina.

– Aqui estará entre pessoas que vão lhe querer muito bem. Vai brincar com as amiguinhas, terá alguns brinquedos...

– Eu quero o papai... – soluça e treme o corpinho. – Eu quero o papai...

– Meu Deus! – pensa Atílio – Ela está sofrendo...

Lágrimas de desespero e dor correm-lhe pela face.

– Ele vai vir me buscar. – continua a menina. – Ele gosta de mim.

Duas professoras afastam-se um pouco e comentam:

– Com o tempo ela acostuma.

– É uma judiação. Ela ama o pai.

– Como pode alguém abandonar a filha?

– Deve ter sido o desespero, Clara.

– E se ele voltar para buscá-la?

– Daí, levaremos o caso à polícia.

– À polícia?! – pergunta Clara, demonstrando não conhecer o sistema adotado pelo orfanato.

– Sim. À polícia e ao juizado de menores. Se ele a levar consigo, quem garantirá que não a abandonará novamente?

Atílio se desespera mais ainda, ao ouvir essas palavras. Já havia decidido, naquele momento, pedir a filha de volta e vê que não será fácil.

"– Meu Deus! O que fui fazer?!"

Olha novamente para a menina que, neste momento, fica sozinha, pois as professoras afastam-se dela. Lucinha levanta os olhos e olha em redor. Seu rostinho é envolvido novamente, por uma grande expressão de desespero, angústia e começa a chorar, debruçando a cabeça nos bracinhos que envolvem o joelho. De repente, levanta-se correndo em direção ao portão principal, gritando:

– Papai!!! Papai!!! Onde você está? Vem me buscar!!!

Atílio corre, acompanhando novamente a grade em direção à entrada, escondido pelos pinheiros. Nesse momento, uma condução estaciona defronte ao portão e este é aberto, dando entrada ao motorista que carrega em seus braços enorme pacote. Atílio corre mais depressa e chega no exato momento em que a menina saía para a calçada, ainda gritando. Quando vê o pai, abraça-se em suas pernas. Atílio ergue-a e a abraça, apertadamente.

– Papai! Papai! Me leva com você!

– Lucinha! Minha filha! Perdoe-me! Perdoe-me!

– A menina escapou!!! A menina escapou!!!

Atílio volve o olhar para dentro do orfanato e vê a mulher que, gritando, desce as escadarias de entrada do prédio.

– Antonio! Antonio! Pegue a menina!

Atílio aperta a filha ao peito e sai em desabalada carreira, atravessando diversas ruas, como um louco, sem perceber os veículos que freiam ruidosamente para não atropelá-los.

– Corre, papai! Corre! – grita a menina, assustada.

Exausto, Atílio finalmente para e encosta-se em uma parede, colocando Lucinha no chão. Está ofegante pelo esforço realizado.

– Nós vamos para casa, papai?

– Não, meu bem. Vamos passear um pouco.

Dizendo isso, pega na mão da filha, começa a caminhar e, num parque arborizado, tenta colocar as ideias em ordem.

– Estou com fome, papai.

– Você não comeu nada hoje, não é?

– Eu estava triste. Por que o papai me deixou, lá sozinha?

– Porque queria que brincasse um pouco com as crianças, enquanto trabalhava.

– Pensei que o senhor não fosse mais voltar.

– Você chorou muito?

– Chorei até dormir.

– Nós vamos ficar sempre juntos, agora.

– Por que o senhor correu daquele homem? Ele queria que eu ficasse lá?

– Acho que sim, meu bem. Mas não pense mais nisso.

Atílio tenta, então, imaginar um meio de sair dessa situação, mas não consegue descobrir nenhuma saída. Naquele dia, uma família os alimenta com um prato de comida, na hora do almoço. À tarde, quando a filha reclama de sono, senta-se em um banco e aconchega-a no colo para que descanse.

Mais tarde, Lucinha acorda e ficam conversando, pois não têm para onde ir. De repente, Atílio vê, a uma distância de uns duzentos metros, um homem e três policiais fardados que conversam e apontam para ele.

– Peguem-no! – grita o que está à paisana e começam a correr em sua direção.

Atílio pega a menina nos braços e corre em direção contrária, porém, em poucos segundos é agarrado. Tiram a menina de seus braços e colocam-na no chão para poderem segurá-lo, melhor.

– Soltem-me! É minha filha!

– Fique quieto! Você roubou a criança do orfanato!

– Não roubei ninguém! É minha filha!

– A descrição da menina e de suas roupas confere, seu Delegado.

– Soltem-me! – insiste Atílio.

Nesse momento, Lucinha, apavorada, sai correndo, atravessa perigosamente uma avenida e mistura-se na multidão.

– Lucinha! Volte! – berra Atílio, com desespero.

Os policiais, apanhados de surpresa, afrouxam um pouco suas mãos nos braços de Atílio e este, tomado de angústia, num arroubo hercúleo, solta-se e dispara atrás da menina, seguido pelos homens da lei. Não sabe que direção tomar e procura a filha por sobre as cabeças dos transeuntes.

– Lucinha!!! Lucinha!!! Onde está você?!

– Peguem-no! – grita o Delegado.

– Lucinha!!!

Continua a correr, como um louco e, percebendo que os homens quase o estão alcançando, decide escapar primeiro deles, para depois voltar e procurar a menina. E, assim o faz. Ziguezagueando por entre a multidão, dobra várias esquinas, à esquerda e à direita, conseguindo, por fim, despistar seus perseguidores.

Exausto e desesperado, encosta-se em um poste e deixa-se ficar, abatido.

"– Onde estará minha filha?! Ajuda-me meu Deus! Não faça isso, comigo! Tenha piedade de mim e ajuda--me!"

Reunindo as forças que ainda lhe sobram, começa a fazer o trajeto de volta, tomando o cuidado de examinar bem as pessoas à sua frente e às suas costas, para não cair novamente nas mãos da polícia.

– Ajuda-me, Jesus! – vai implorando mentalmente, enquanto caminha, na esperança também de, por um milagre, avistar o vestidinho vermelho da menina.

Quando dá por si, está no lugar onde vira a filha pela última vez.

– O senhor não viu uma menininha passar por aqui, correndo? De vestidinho vermelho...

– Não vi, não, moço. Passa bastante gente com pressa por aqui. O senhor não terá, aí, uma esmola?

Atílio afasta-se alguns metros e pergunta a outro

homem, que carrega cartaz publicitário nas costas. A resposta também é negativa. O medo começa a lhe invadir o ser e, num rasgo de desespero, começa a perguntar a todos os transeuntes que passam por ele:

– Minha filhinha! O senhor não viu minha pequena? De vestidinho vermelho... A senhora não viu? A Lucinha... de vermelho... Por favor... minha filhinha...

As pessoas veem-no como a um demente e desviam-se dele.

– Minha filhinha querida...

Repetindo sempre as mesmas palavras e já sem forças pelo grande esforço físico e emocional, agacha-se, sentando-se na calçada, junto a uma parede. Sua mente está como que anestesiada pelo desespero e apenas consegue desfilar, pelo cérebro, frases entrecortadas pelos soluços.

– Antes tivesse deixado minha filha no orfanato... Rosalina, me ajude... quanto sofrimento, meu Deus... Lucinha!... Ela deve estar assustada, Jesus... desamparada... Rosalina... esteja onde estiver... me ajude... ajude nossa filhinha querida...

Dizendo isso, tira da carteira uma fotografia, onde aparecem Rosalina e sua irmã Eneida e, olhando fixamente para o papel, continua a implorar.

***

Não longe dali, um jovem a caminho de casa é abordado por uma mulher, em lágrimas, que lhe pede ajuda.

– Por favor, moço. Em nome de Deus, me ajude!

Pensando tratar-se de uma mendiga e, estando com pressa, ignora-a. A mulher corre atrás dele e corta-lhe a frente.

– Pelo amor de Deus, ajude-me. Pelo amor de Deus! O senhor é a única pessoa que pode me ajudar.

O jovem, vendo o desespero da mulher, resolve escutá-la.

– Ajude aquela criança, moço. Ela está perdida. – pede-lhe a senhora, apontando para uma menina que, na calçada, está paralisada no lugar e chora copiosamente, sem que nenhum daqueles que passam por ela lhe dê a mínima atenção.

– Quem é a menina?

– Ajude-a, moço. Pelo amor de Deus, faça alguma coisa.

– Por que a senhora mesma não a auxilia?

– Eu não posso. Em nome de tudo que lhe é mais sagrado, ajude-a.

O moço olha novamente para a menina e vê que a criança olha para ele, chorando e estendendo-lhe os bracinhos, como que vendo nele uma tábua salvadora. Volta o olhar para onde estava a mulher, ao seu lado, e percebe que ela sumiu. Gira em redor de si mesmo e nada vê. Quase não há movimento naquele lado da rua e não consegue atinar como aquela senhora pôde desaparecer tão rapidamente. Por um instinto que não consegue entender, atravessa a rua e aproxima-se da criança, agachando-se perto dela.

– O que aconteceu, meu bem?

A menina limita-se a chorar e os soluços sacodem seu corpinho trêmulo.

– Eu quero o papai! – diz, de repente, num grande esforço para que as palavras se soltem de seus lábios.

– Quem é seu papai? Onde você mora?

– Quero meu papai! – repete a menina.

O jovem olha para os lados, sem saber o que fazer e vê, na esquina, a mulher que lhe pedira para cuidar da criança.

– Espere, minha senhora, – grita – quero falar com você.

A mulher apenas lhe dá um sinal para que a siga e desaparece, dobrando a esquina, à esquerda.

O moço pega a criança no colo e caminha depressa. Chegando na interseção das duas ruas, vira também à esquerda e ainda vê a mulher que acena para ele, do meio da quadra. Corre em sua direção, desviando-se das pessoas que, naquele horário, voltam do trabalho para casa. Quando já está quase próximo do local, percebe que a mulher sumira, novamente. De repente, a menina dá um grito e tenta soltar-se dele.

– Papai! Papai!

– Onde? – pergunta o jovem.

– Lá! Papai! Papai! – continua a gritar, apontando o dedinho em direção a um homem que, sentado no chão, olha em derredor, parecendo ter ouvido os gritos da criança.

***

Atílio, ainda com a fotografia de Rosalina e sua irmã nas mãos, quase não acredita no que vê. É Lucinha que vem sendo trazida pelo moço.

– Lucinha!!! Minha filha! Minha filha!

O jovem coloca a menina no chão e esta corre em direção ao pai que a ergue no ar e a abraça, chorando de emoção.

– Minha filhinha querida! Pensei... que... nunca mais... ia vê-la! Filha querida...

As lágrimas não os deixam mais falar e beijando a menina, chora, agora, de felicidade.

– Muito obrigado, moço. Muito obrigado por ter tentado encontrar-me.

– Foi uma mulher...– começa a responder, olhando para os lados, tentando vê-la.

– Uma mulher?

– Sim. Uma senhora jovem, ainda. Pediu-me, chorando, que ajudasse a menina e, depois, fez-me segui-la, ao longe, até aqui.

– Mas quem era?

– Não sei. Sumiu...

De repente, o olhar do jovem é atraído pela fotografia que Atílio ainda tem nas mãos.

– É essa a mulher! – diz, apontando para o retrato.

Atílio tem um estremecimento.

– Esta mulher o ajudou a me encontrar?

– Sim, ela mesma. Essa de cabelos curtos.

– É minha cunhada.

– Mas se ela sabia que o senhor estava aqui, por que não trouxe a menina? E por que sumiu outra vez?

– Minha cunhada morreu há alguns dias. Morreu juntamente, com minha esposa.

– Meu Deus! – exclama o jovem, empalidecendo.

– Você tem certeza de que foi ela?

– Certeza absoluta! – afirma o jovem, tirando a fotografia das mãos de Atílio e examinando-a atentamente – Meu Deus!

– Ela me atendeu! Pedi para que me ajudasse a encontrar nossa filhinha e ela enviou Eneida. Escute, seu moço... não havia uma outra mulher junto dela? Esta aqui? – pergunta-lhe Atílio, mostrando, na fotografia, o rosto de Rosalina.

– Não, só vi essa outra. Mas... é inacreditável!!!

– Muito obrigado, moço. Deus lhe pague – diz Atílio, tirando a fotografia das mãos dele e começando a caminhar em direção oposta à qual estava indo, deixando o moço estático e boquiaberto, no lugar.

Atílio não consegue acreditar no que aconteceu e caminha com o retrato das duas mulheres nas mãos. De quando em quando, olha para a fotografia e agradece:

"– Deus lhes pague, Eneida e Rosalina. Encontramos nossa filhinha e sei que agora estão descansando novamente. Fiquem tranquilas, pois farei todo o possível para conseguir proteger Lucinha. Deus lhes pague. Agora sei que a vida não termina com a morte e que vocês estão bem vivas. Estejam onde estiverem, sejam felizes e olhem por nós."

Caminham mais um pouco até que a noite chega e, com ela, o frio e a fome. Conseguem novamente comida e leite, mas Atílio não sabe onde irão dormir e a menina treme de frio. Em uma outra moradia, ganha uma blusa para a filha. A mala que trazia, quando resolveu passar pelo orfanato, ficou lá mesmo, na calçada, quando começou a correr. Decerto que a teriam recolhido e, por sorte, todos os documentos estavam em seu bolso.

– Agora nós vamos para casa, papai?

– Não, meu bem. Estamos muito longe. O papai vai descobrir um lugar para dormirmos.

Caminham por mais uma hora e, já não aguentando mais o cansaço, Atílio decide dormir no primeiro abrigo para carros que encontrar, porém, resolve esperar mais um pouco, pois são apenas nove horas da noite e a maioria das pessoas ainda está acordada. Caminha por mais algumas ruas daquele bairro afastado do centro da cidade, até que uma casa, ao longe, no fim da rua, chama-lhe a atenção, pois contrasta com as demais. Além de ser bastante velha e simples, encontra-se às escuras enquanto as outras todas estão iluminadas.

"– Se Deus me ajudar, é lá que descansaremos." – pensa, com uma ponta de esperança.

Chegando defronte à residência, sente-se mais animado, pois parece mesmo abandonada. Abre o portãozinho devagar e, subindo três lances de uma escada, encontra-se frente a uma porta quase que totalmente quebrada. Por um dos buracos, na madeira, vê que seu interior está totalmente escuro e sente, no ar, o cheiro de poeira e abandono que exala lá de dentro.

– Se eu fosse o senhor, não entrava aí.

Um arrepio gelado percorre Atílio que, assustado, afasta-se, descendo os degraus, procurando localizar, na pequena área coberta que protege a porta, quem lhe dirigia a palavra.

– Não tenha receio, meu amigo. Sou apenas um velho, não faço mal a ninguém e nem poderia.

Nesse momento, Atílio consegue visualizar o corpo de um homem idoso, de barbas brancas que, sentado no chão e recostado a uma das paredes, olha para ele. A luz provinda do poste de iluminação, na calçada, não consegue iluminar totalmente o desconhecido, pois este encontra-se protegido pelas sombras de uma mureta do abrigo.

– Não tenha medo. – insiste o homem. – Como já lhe disse, sou apenas um velho que resolveu descansar um pouco aqui, nesta casa abandonada. Não o aconselho a entrar nela, pois está cheia de ratos e pulgas, mas se quiser descansar, aqui tem lugar para nós todos. Vejo que traz uma criança consigo. É sua filha?

– Sim, – responde Atílio – é minha filha e estamos muito cansados.

– Pois venham descansar aqui.

Dizendo isso, o homem levanta-se para dar um lugar a Atílio que consegue, então, ver o rosto do desconhecido. Este não mentira. É, realmente, um velho, de barbas brancas e longas. Ao chegar mais perto, Atílio estende a mão para o ancião e só então consegue perceber a brandura e a simpatia que emanam do sorriso e, principalmente, do olhar calmo e sereno do homem. Iluminado apenas por alguns fracos raios de luz, o rosto do desconhecido parece hipnotizar a atenção. Atílio sente um enorme bem-estar naquele momento.

– Espere – pede o ancião, abrindo uma grande sacola de couro e retirando de dentro um cobertor, que estende, em seguida, no chão. – Deite a menina aqui.

Atílio depõe Lucinha por sobre o cobertor e o homem dobra a outra parte deste, cobrindo o corpinho da criança.

– Está começando a esfriar. – comenta, abrindo novamente a bolsa, donde retira um paletó, que estende a Atílio. – Vista isto. Vai se sentir melhor.

– Obrigado. O senhor é muito bom. – agradece Atílio, sentando-se, encolhido, ao lado da filha, enquanto o velho limita-se a sorrir.

Nesse momento, em que Atílio sente-se um pouco mais amparado e calmo, a emoção, que conseguira conter até aquele instante, transforma-se em lágrimas abundantes e soluços incontidos. Precisa chorar, pois já não aguenta mais o desespero que lhe consome todo o sistema nervoso.

O ancião apoia a destra sobre seu ombro e, sentando-se mais perto dele, fala com voz mansa e amiga:

– Chore, meu filho. Isso o acalmará.

Atílio rompe em soluços, e lágrimas descem-lhe por toda a face, permanecendo nesse estado por vários minutos até que, quase num desabafo, exclama:

– Meu Deus, muito obrigado pelas dádivas de hoje e continue me ajudando. Já não sei mais o que fazer. Tenho boa vontade, Jesus, e peço apenas um caminho a seguir. Ajude-me a descobri-lo.

Mais alguns minutos se passam e o velho dirige-se a ele:

– Meu filho, não se desespere. Deus nos ama a todos e não vai deixá-lo desamparado. Por que não me conta o que o aflige? Talvez, desabafando, acalme-se mais e, pode ser até que encontremos uma solução para os seus problemas.

Atílio não crê que o velho possa fazer algo por ele, pois também deve estar numa situação como a sua, mas ao deparar com aquele olhar límpido, puro e suave do ancião, resolve desabafar os seus males. E, começa, então, a narrar todos os seus sofrimentos, desde que perdera a esposa e a cunhada, sentindo que, a cada palavra, começa a acalmar-se mais e mais. O velho limita-se a ouvi-lo e só quando termina a narrativa é que ele se pronuncia, com bastante calma e otimismo.

– Você não deve se desesperar, meu filho, pois já teve uma prova, hoje, de que Deus não nos desampara nunca.

– Mas não sei o fazer. O que farei amanhã? E depois? Fosse só por mim, eu me arranjaria, mas tenho minha filha. Já fiz tudo o que pude, procurando uma creche para ela e nada consegui. Como trabalhar nessas condições? Não vejo solução para meu caso.

– Acalme-se. A solução será encontrada. Vou ajudá-lo.

– O senhor vai me ajudar? Como?

– Meu filho, responda-me a algumas perguntas, primeiro. Quero que pense bem, antes de respondê-las.

– Sim...

– Pelo que entendi de sua narrativa, você não tem ninguém a quem apelar nesta cidade, ou seja, amigos, parentes, conhecidos...

– Certo. Parentes não possuo e amigos ou conhecidos são poucos e sei que nada poderiam fazer por mim, pois, além de todos estarem em situação de pobreza, não têm condições para tal e sei também que não estariam dispostos a isso.

– Muito bem. Quer dizer que nada o prende nesta cidade grande. Você moraria em qualquer lugar e trabalharia em qualquer serviço?

– O que eu quero, meu senhor, é apenas um trabalho honesto e um lugar para morar, juntamente com minha filhinha. Qualquer serviço e qualquer lugar.

– Você acredita em Deus, meu filho?

– Não saberia defini-lo, mas creio, com bastante devoção, que Ele existe. Principalmente depois do que me aconteceu hoje.

– Pois bem, eu vou lhe ajudar.

– Ajudar-me? Como?

– Existe, em uma cidade não muito distante daqui, um bairro eminentemente agrícola que, tenho certeza, o acolherá e à sua filha, se conseguir provar que está bem intencionado. Lá, você trabalhará no campo e terá um lar para morar.

– Meu Deus, isso seria maravilhoso! E como ir até lá? O senhor já foi até esse bairro?

– Eu sou de lá.

– E o que está fazendo aqui, nessa situação?

– Um dia, se Deus o permitir, lhe contarei, pormenorizadamente, esta minha viagem. Por ora, devo dizer-lhe que saí desse bairro há alguns meses, com destino ao litoral para cumprir uma obrigação e agora estou voltando.

– E o senhor vai nos levar consigo?

– Se assim o desejar, posso levá-los, porém, devo prevenir que, lá, terá muito trabalho e que a vida naquele bairro é bastante pobre. Porém, pode ter certeza de que terá muita tranquilidade e o respeito de todos os seus moradores.

– Trabalho não me assusta e garanto-lhe que ficarão muito satisfeitos comigo, pois também sou bastante acatado e respeitador. Mas... como faremos para ir até esse lugar?

– Quando de lá saí, trouxe comigo pouco dinheiro, suficiente apenas para as passagens e alimentação, porém, ainda dá para comprar a sua e de sua filhinha.

– Meu Deus, quanto lhe agradeço! Que ventura! Deus lhe pague, meu bom homem! Deus lhe pague!

Dizendo isso, Atílio começa a beijar as mãos do velho, em sinal de reconhecimento e agradecimento. Este desvencilha-se de Atílio.

– Não agradeça a mim, meu filho, e, sim, a Deus.

– E quando faremos a viagem?

– Dentro de dois dias, pois só existe uma linha de ônibus que passa por essa pequena cidade onde, afastado, alguns quilômetros dela, se encontra o bairro. Devo prevenir-lhe também que, comprando as passagens para você e para a menina, poucos trocados nos sobrarão e teremos, inevitavelmente, que esmolar, para sobrevivermos até o dia da partida.

– Então, não posso aceitar que o senhor gaste esse dinheiro que iria usar para sua alimentação.

– Meu filho, pense em sua filha e aceite minha ajuda. Tenho certeza de que sobreviveremos até lá.

– Como lhe agradecer, meu senhor? Não tenho palavras...

– Estarei recompensado ajudando-o e à pobre criança.

– Oh, meu Deus! E eu que quase cometi uma loucura, pensando em refugiar-me na morte.

– Ninguém tem o direito de acabar com a própria vida, pois ela não pertence ao homem e, sim, a Deus. E, além do mais, você não iria fugir de seus problemas, acabando com o seu corpo. O Espírito é imortal.

– Que felicidade sinto agora! Durma em paz, filhinha. Seremos felizes. Tenho certeza.

– Descanse agora, Atílio, pois os dias que nos separam de nossa viagem, certamente serão de grandes sacrifícios.

– Como é seu nome, meu bom velho?

– Sebastião. Agora, procure descansar.

Atílio deita-se ao lado da menina, mas demora algumas horas para adormecer, tão excitado e contente está com a solução futura de seus problemas. O velho, por sua vez, deita-se também e dorme quase que imediatamente.

O BAIRRO

Já é noite quando Januário e Olga conversam com o Dr. Fernando a respeito da andarilha.

– Ela continua insistindo com a ideia de que mora naquela casa, apesar de achar tudo mudado e continua chamando por Adolfo.

– E, quanto ao Bairro dos Estranhos? Poderemos tentar o que propusemos? – pergunta Januário.

– Se vocês conseguirem convencê-la disso, tenho certeza de que será o melhor para ela.

– Já conversamos com o dirigente do bairro, explicamos-lhe tudo e ele concordou em arrumar uma moradia para a mulher até que se resolva o seu problema e, desde que ela se porte bem lá.

– Ótimo, então. Boa sorte.

– Obrigado, doutor.

Despedindo-se do médico, Januário e Olga entram no quarto do hospital, onde se encontra a andarilha.

– Quem são vocês? – pergunta a doente, agora já demonstrando um pouco mais de calma.

– Meu nome é Januário e esta é minha esposa, Olga. Gostaríamos de ajudá-la e sabemos como. Basta apenas que a senhora nos ouça com bastante calma e confie em nós.

A mulher concorda e, então, o casal conta-lhe como a conheceram na padaria e tudo o que aconteceu até então, além do que, procuram convencê-la de que, talvez, aquela casa não seja a sua, mas sim, bastante parecida e que, também a cidade procurada não seja aquela.

A andarilha parece recuperar-se um pouco, pois percebe algum fio de esperança.

– Confio em vocês, mas devo dizer-lhes que não me lembro de nada disso que me contaram. Não me lembro de ter andado de cidade em cidade ou de tê-los conhecido e da viagem que eu teria feito com vocês. Tudo o que me lembro é de que, como já disse, saí de casa e, quando cheguei no centro da praça, começou aquele pesadelo que não consigo entender. Talvez, realmente, eu tenha perdido a memória naquele momento, em alguma outra cidade, tenha andado por muito tempo e, coincidentemente, pela visão de uma casa bastante parecida eu tenha recobrado as lembranças do passado.

Ficam alguns segundos em silêncio.

– E o que vocês acham que devo fazer?

Olga explica-lhe que, para que não fosse internada em um sanatório, arrumaram-lhe um lugar para ficar, em um bairro afastado de sua cidade. Explica-lhe que são pessoas boas, que vão tomar conta dela e que, na certa, a ajudarão no que diz respeito ao seu problema.

– Será que eles podem mesmo me ajudar?

– Acreditamos que sim. Nós mesmos iremos ajudar.

– Como?

– Vamos tirar fotos da fachada da casa e de você e enviaremos a várias delegacias de polícia da redondeza. Faremos uma carta para o delegado de cada cidade explicando o caso, onde também citaremos o nome de Adolfo. A propósito, qual seu nome, sobrenome e de seu marido?

– Meu nome é Clotilde. Meu sobrenome... é... deixe-me... meu Deus... não consigo me lembrar de meu sobrenome nem do meu marido... Meu Deus, o que estará acontecendo comigo?

– Acalme-se. Não tem importância.

Nesse momento, entra no quarto o Dr. Fernando e uma enfermeira.

– E então?

– Tudo certo, doutor. – exclama Olga – Ela já está bem calma agora, e está contente com a campanha que iremos fazer e concorda em ir para o Bairro dos Estranhos.

– Bairro dos Estranhos?

– Sim, Clotilde. Assim é que é chamado o lugar onde você vai morar, mas não se assuste com o nome. Seus moradores são muito bons e caridosos. Essa foi uma denominação que o povo da cidade deu a esse bairro, porque seus moradores possuem uma religião diferente, onde acreditam e dizem conversar com os Espíritos.

– Com os Espíritos?

– Não precisa ter medo.

– Não tenho medo. Já ouvi falar disso. Talvez, quem sabe, eles possam me ajudar.

– Quem sabe...

– Bem, vou conceder alta a ela. Poderão levá-la amanhã à tarde.

– Obrigado, doutor.

***

São três horas da tarde, quando Januário e Olga apanham Clotilde no hospital e voltam para sua cidade. Chegando lá, passam pela padaria para verificar se está tudo em ordem, e rumam, a seguir, para o Bairro dos Estranhos, que se localiza a aproximadamente uns dois quilômetros de distância da cidade. Atravessam uma pequena mata e chegam finalmente ao bairro, que é formado por cerca de cinquenta casas dispostas em forma de "U" ou "ferradura", todas voltadas para o centro e cercadas, por detrás, por alto e cerrado arvoredo. No centro desse semicírculo há um enorme barracão, com janelas altas e uma grande porta que dá para o lado oposto à entrada do bairro. Tanto as casas como o barracão, são construídos muito simplesmente, estando a pintura das paredes já bem gasta pelo tempo. Em quase todas as construções, muito reboco já se soltou, deixando diversos tijolos à vista.

Defronte ao barracão há um jardim bem cuidado e florido, que chega até a contrastar com o resto do lugar.

Descem do carro e dirigem-se até uma das casas. Um homem, jovem ainda, de cerca de trinta e poucos anos, os faz entrar em uma pequena sala que, apesar de diminuta, é muito limpa e adornada com simplicidade. Sentado em uma poltrona e lendo um livro, encontra-se um velho de cabelos e barbas brancas que, assim que os três entram, levanta-se e recebe-os com um largo e franco sorriso nos lábios.

– Como vai, seu Januário?

– Tudo bem, seu Afonso.

– Dona Olga...?

– Muito bem. E o senhor?

– Graças a Deus, estamos vivendo. Este é meu filho, Armando.

O casal cumprimenta Armando, e Januário volta-se para seu Afonso:

– Esta é Clotilde... a senhora sobre a qual conversamos ontem.

– Muito prazer, minha filha. – cumprimenta o velho. – Sentem-se.

Afonso examina Clotilde detalhadamente por alguns instantes e lhe fala:

– Fique tranquila, Clotilde. Tomaremos conta de você até que seu problema seja resolvido. Tereza, venha até aqui, por favor.

– Pois não, seu Afonso. – responde, prontamente, uma moça, vindo do outro cômodo da casa.

– Esta é minha nora, Tereza, esposa de Armando. Por favor, minha filha, leve Clotilde até a casa de Conceição.

E, virando-se para os visitantes:

– Conceição é uma senhora de idade que perdeu o marido faz pouco tempo e, atualmente, mora sozinha. Você vai se dar muito bem com ela, Clotilde. Ela já sabe de seu problema e já preparou cama e roupas para você. Vá até lá com Tereza, e procure se acomodar da maneira que mais lhe convier. Se precisar de mais alguma coisa, peça à Conceição. Logo mais, à noite, conversaremos.

– Muito obrigada, seu Afonso. – agradece Clotilde.

Em seguida, abraça dona Olga e Januário.

79

– Deus lhes pague pelo que estão fazendo por mim. Muito obrigada.

– Que Deus a proteja, Clotilde.

– Amanhã, de manhã, voltaremos aqui para tirar uma fotografia de seu rosto e depois de amanhã irei até Boiadas para fotografar a casa. Pode deixar tudo por nossa conta.

– Mais uma vez, muito obrigada.

Dizendo isso, Clotilde sai, acompanhando Tereza.

– É bastante estranho o caso dessa mulher. – comenta Januário a Afonso. – Como pode ser? Apareceu em minha casa, sem memória nenhuma, apenas procurando a cidade de Boiadas, sem saber o porquê. No caminho, lembrou-se de um sítio. Chegando à cidade, achou que seria essa tal de Clotilde, que morava naquele sobrado e que tudo havia mudado na cidade. Talvez, a casa onde mora seja parecida com aquela. Até aí, tudo bem. Mas depois de se assumir totalmente como Clotilde, esqueceu-se de tudo o mais, inclusive de nós. Só se lembra de sua vida como Clotilde.

– Sim, é bastante estranho, – concorda Afonso – mas podem ficar descansados. Tudo faremos para ajudá-la.

– Temos certeza disso. – comenta Olga.

Januário e a esposa, então, despedem-se de Afonso e deixam o lugar, de volta para a cidade.

***

À noite, já instruída por Afonso, Conceição leva Clotilde até a casa dele e sai, acompanhada por Tereza, deixando-os a sós.

– Clotilde, antes de mais nada, quero que saiba que

você se encontra entre pessoas amigas e respeitadoras que tudo farão para ajudá-la, no que for preciso. Também é necessário que saiba que este bairro, mais conhecido como Bairro dos Estranhos, possui suas próprias normas de conduta. Por isso, terá total liberdade de escolha entre aqui ficar ou ir embora... Porém, para que fique e para que possamos, de alguma forma, auxiliá-la, é preciso que conte tudo a seu respeito. Pelo menos, o que puder se lembrar.

– Seu Afonso, creio que seu Januário e dona Olga lhe contaram sobre o meu aparecimento na vida deles, fato que não consigo mais me lembrar.

– Sim... contaram-me tudo.

– Com referência à minha infância, pelo que me lembro, pouco tenho a dizer, pois fui criada em um sítio até os dez anos de idade. Diz, seu Januário, que cheguei a reconhecer determinado local, a caminho de Boiadas, mas que seria impossível que lá tivesse vivido, porque, com respeito ao rio, este já estaria seco, bem antes de eu ter nascido. Lembro-me muito bem de que, quando criança, cheguei a pescar diversas vezes em um rio, com meu pai. Dos dez anos de idade até os vinte e quatro, morei em uma cidade no norte do país. Lá, já na adolescência...– Clotilde se cala e abaixa a cabeça.

– Minha filha, se quer que a ajudemos, não esconda nada. Tudo o que disser é importante, por pior que seja.

Clotilde fita o velho e vê, nele, uma grande bondade e compreensão, decidindo, então, contar tudo sobre sua vida.

– Sim... bem... como estava dizendo, quando adolescente, tive minhas primeiras noções sobre sexo. E, como eu era bonita, mas também muito ambiciosa, descobri que poderia tirar partido desses meus atributos. Então, aproveitei-me dessa minha beleza física para ganhar dinheiro... cada vez mais dinheiro. Não sei se o senhor está entendendo bem o que estou lhe dizendo...

– Sim... estou entendendo...

– Na verdade, fiz, por muito tempo, um grande comércio de meu corpo. Aos vinte e três anos, conheci Adolfo, que enamorou-se de mim. Também enamorei-me dele. Casamo-nos e fomos morar em uma cidade que, apesar de tudo, acredito, chamava-se Boiadas. Hoje, pelo que já vi, creio que, talvez, apesar da volta de minha memória, eu esteja enganada quanto ao nome dessa cidade, pois está tudo muito diferente, a não ser pela casa, bastante parecida com a qual eu morava. Essa é a parte que menos eu consigo entender e que, cada vez que penso nisso, minha mente parece entrar em um torvelinho bastante confuso. Mas, voltando à minha história, fomos morar nessa cidade, onde Adolfo arrumou um emprego de garçom num bar que ficava no andar térreo do sobrado que alugáramos. Fomos muito felizes por alguns meses e o que eu mais temia acabou acontecendo: não consegui refrear meu desejo por aventuras novas. Foi quando o dono do prédio, percebendo essa minha fraqueza, seduziu-me e passamos a nos encontrar em determinados horários em que meu marido trabalhava. E não foi apenas com o dono do bar que traí meu marido, mas com quase todos os seus amigos e frequentadores daquele estabelecimento. Eu possuía uma irresistível atração para os homens que logo não conseguiam ficar sem me ver, pelo menos, uma vez por mês. Certo dia, Adolfo descobriu tudo e quis vingar-se de mim, aproveitando-se daquela situação. Fez-me continuar com os encontros só que, desta vez, cobrando bem caro pelos meus "serviços", o que fez com que, ao contrário do que eu imaginava, a "freguesia" aumentasse. Depois de, aproximadamente, mês e meio, precisamos aliciar e contratar algumas mulheres, a maioria moças ainda, para atender ao "serviço". Pouco tempo depois, contraí uma doença que me impediu, por alguns anos, de ter esse tipo de relacionamento. Passamos, então, a contratar mais mulheres para atender nossos "clientes" e, hoje, somos donos do prédio e do bar.

Nesse momento, Clotilde começa a chorar.

– Por que está chorando, minha filha?

– ...

Afonso insiste mais uma vez:

– Por que as lágrimas, minha filha? Arrependimento?

– Sim, seu Afonso... arrependimento... não só pelo que fiz, mas... e, principalmente, pelo que fizemos a algumas moças que trabalhavam para nós...

– E o que foi que fizeram?

– Por favor, seu Afonso! Não pergunte sobre isso! Nunca terei coragem de contar isso a alguém...!

E recomeça a chorar; desta vez, de maneira copiosa e convulsiva.

– Está bem, minha filha. Você não tem, ainda, condições de narrar esses acontecimentos. Não se torture. Peça a Deus que a auxilie e tenho a certeza de que será ouvida e atendida. Acalme-se.

Clotilde fica algum tempo em silêncio. Quanto a Afonso, deixa-a ficar imersa em seus pensamentos.

Transcorridos alguns minutos, Clotilde olha humildemente para o velho e lhe pede com notada sinceridade:

– Seu Afonso... por favor, me ajude. Pela primeira vez em minha vida, sinto-me arrependida e mesmo...

como dizer... enojada por tudo o que já cometi. Nunca tive esses sentimentos, mas... agora... não sei o que acontece... Sinceramente, não consigo entender como pude levar uma vida como a que levei até agora. Sinto-me tão estranha... parece que sou outra pessoa...

– Tranquilize-se, minha filha. Tudo faremos para auxiliá-la. Tenha fé em Deus, nosso Criador, e verá que tudo dará certo.

– Seu Afonso, o senhor acredita, realmente, na existência de um Deus?

– Você não acredita, minha filha?

– Não sei... parece-me nunca ter pensado a respeito. Mas neste momento, meus pensamentos parecem ter-se modificado e, desde ontem, tenho pensado constantemente n'Ele. Nas últimas vinte e quatro horas, cheguei a pronunciar o Seu nome, por diversas vezes. O senhor parece ter muita fé. Disseram-me, ontem, antes de vir para cá, que os moradores deste bairro seguem uma religião ligada ao mundo dos Espíritos. É verdade? Vocês acreditam em Espíritos?

– Sim, minha filha, acreditamos. Todos somos Espíritos, encarnados neste planeta. Você nunca tinha ouvido falar na existência dos Espíritos?

– Já, sim. Para falar a verdade, quando adolescente, cheguei a ir algumas vezes a um centro espírita, lá no norte. Mamãe me dizia que os espíritas acreditavam na reencarnação, mas nunca consegui entender isso muito bem.

– Gostaria de estudar e aprender a respeito?

– Acho que sim. Penso que uma religião professada por pessoas que sentem prazer em ajudar os outros só pode ser muito boa. Ainda não entendi por que vocês estão me ajudando dessa maneira, sem nunca terem me conhecido e, principalmente, agora que o senhor já sabe quem eu sou ou fui.

– Clotilde, todos nós temos os nossos defeitos e as nossas fraquezas e, somente auxiliando-nos, uns aos outros, poderemos nos livrar dessas mazelas.

– Quando, então, poderei aprender alguma coisa a respeito da religião de vocês?

– Quando você quiser. Mas antes, devo dizer-lhe algo muito importante, com toda a sinceridade. Nós, do Bairro dos Estranhos, possuímos uma religião bastante diferente da que a maioria das pessoas professam, mas devo afiançar-lhe que, apesar de seguirmos as normas morais dessa nossa filosofia religiosa, não somos fanáticos e, inclusive, lamentamos qualquer tipo de fanatismo religioso. A essência e a base de nossa crença é o amor a Deus e ao próximo, seja ele quem for. Por esse mesmo motivo, respeitamos todos aqueles que possuem, em sua religião, esses princípios. Respeitamos inclusive, aqueles ateus que, sem seguirem ou temerem uma crença, seguem elevadíssimos princípios de moral e amor fraterno. Conheço, pessoalmente, alguns que possuem uma vida inteira pautada por conduta que nada mais é do que aquela que Cristo nos legou, mesmo sendo, eles, totalmente cépticos. O rótulo religioso não diz nada e não serve para garantir ao rotulado nenhuma porta aberta aos Céus. Nós acreditamos piamente nas verdades que abraçamos e que temos como únicas, porém, para nós, eu vou repetir mais uma vez, qualquer religioso que siga os caminhos do Bem, indicados por Jesus, possui todo o nosso respeito e admiração. Acreditamos também, que cada pessoa é única em seus raciocínios e aspirações e que cada um deve seguir as verdades que lhes sejam mais próprias e compreensíveis. Tudo isso que lhe falei tem, por finalidade, explicar a você os nossos propósitos quanto a revelar-lhe a nossa maneira de encarar a vida, quer seja deste lado, quer seja do outro, cuja entrada é a morte do corpo físico. Quando nos decidimos a auxiliá-la e a recolhemos aqui, por momento algum pensamos em torná-la uma de nossas seguidoras. Não é nosso esse trabalho de trazer adeptos e nem sair pelos caminhos do Mundo, tentando convencer as pessoas sobre a nossa religião. Mesmo aqueles que escrevem livros sobre o assunto, não têm a intenção de obrigar ninguém a aderir a essas verdades. Eles, com seus sábios ensinamentos, apenas mostram os fatos e provas, sem obscurantismos sofismáticos. Identificam, sim, de maneira bastante simples e direta, os caminhos e pensamentos dessa nossa filosofia religiosa, deixando sempre, ao leitor, o livre-arbítrio de acreditar ou não. Por isso, minha filha, se você desejar aprender, enquanto aqui estiver, alguma coisa sobre nossa religião, teremos enorme prazer em ensinar-lhe o que pudermos. Mas se não quiser aprender nada sobre o assunto, não se preocupe. Poderá continuar aqui por quanto tempo quiser, até que sua situação seja resolvida. Nada exigiremos de você, a não ser, uma boa conduta.

– Vocês são muito bons e eu quero aprender, sim.

Clotilde levanta-se, despedindo-se de Afonso, mas quando está próxima à porta, defronta-se com um espelho pregado em uma das paredes. Parece incrível, mas desde o momento em que se vira naquela praça de Boiadas, não havia ainda olhado em um espelho. Um grito rouco escapa-lhe da garganta, enquanto começa a apalpar o rosto com as mãos, freneticamente.

– Não pode ser! O que aconteceu com meu rosto?! Não sou eu!!! Não sou eu!!!

Afonso, calmamente, chega até ela e a retira da frente do espelho, fazendo-a sentar-se.

– Tenha calma, filha! Tenha calma.

Clotilde fica olhando para Afonso com os olhos esbugalhados e, meneando a cabeça, como a transmitir-lhe a sua incompreensão, sussurra, apenas:

– Não sou eu... não é o meu rosto... o que está acontecendo comigo, meu Deus? Estarei realmente ficando louca?

– Tenha calma, Clotilde... tenha calma e me responda: você acha que esse não é o seu rosto, sua fisionomia?

– Tenho certeza...

– Olhe-se novamente.

– Não!

– Você precisa olhar.

– Não. Não tenho coragem.

– Venha cá. – pede Afonso, enquanto ajuda Clotilde a se levantar – Você tem de se olhar. Não pode fugir.

– Não tenho coragem... – suplica, ao mesmo tempo em que se deixa arrastar, de cabeça baixa, para a frente do espelho.

– Olhe-se, Clotilde.

Esta, levada pela mansidão do pedido de Afonso, lentamente começa a levantar o rosto até encontrar-se com sua imagem especular.

Fica, por alguns segundos, mirando-se e, em seguida, leva as mãos ao rosto e começa a apalpar o nariz, os olhos, a boca, as maçãs do rosto, os cabelos.

– Este não é o meu rosto, seu Afonso.

– Nem parecido?

– Talvez alguns traços, mas não é o meu rosto.

Além do mais, apesar de reconhecer minha beleza, não sou bonita assim. Este rosto é mais suave, mais calmo. O que estará acontecendo comigo, seu Afonso? Eu me lembro de tudo a meu respeito. Mas esse rosto... Que coisa estranha é esta que está me acontecendo? A cidade de Boiadas, tão mudada... Não só a cidade, seu Afonso. Não lhe disse nada, antes, a respeito, mas também as pessoas parecem vestir-se de maneira diferente. Nunca, também, havia visto tantos automóveis e tão diferentes.

Afonso fica, por alguns momentos, pensativo.

– Clotilde, só há uma maneira de resolvermos essa situação. Em primeiro lugar, é preciso que você se tranquilize e que procure não pensar muito a respeito desse problema por que passa. Sei que isso vai ser difícil, mas me parece ser o primeiro passo para a sua solução. Creio, com bastante convicção que, a qualquer momento, uma cortina lhe será descerrada e verá, então, claramente, a verdade sobre tudo o que lhe está acontecendo. Mas para que isso aconteça, é preciso que esteja com a mente bastante livre, solta, aberta. Vou arrumar-lhe um trabalho para que se distraia e ocupe seus momentos.

– O senhor acha mesmo que vou me livrar desse pesadelo?

– Tenho fé em Deus que sim. Não se preocupe. Você não está sozinha. Tudo faremos para ajudá-la.

Clotilde abraça o velho e liberta-se um pouco da tensão que a acomete, com um choro silencioso de desabafo.

ANDARILHOS

A MANHÃ FINALMENTE DESPONTA E ATÍLIO ACORDA E surpreende-se por não ver mais o velho e nem a sua bolsa. Levanta-se de um salto e sai para a calçada. Olha para um lado e para outro, sentindo um terrível medo. Será que Sebastião arrependeu-se de ajudá-los e os abandonou? Volta para junto de sua filha que ainda dorme, tranquila. Senta-se ao seu lado e começa a desesperar-se. Onde estará o velho? Certamente foi embora, pois levou a sacola com ele. Tivesse ido apenas dar uma volta, não a levaria.

"– O que fazer?" – pensa amargurado. – "Antes não tivesse encontrado aquele homem que me alimentou de ilusões."

Alguns minutos se passam e já está quase maldizendo o ancião, quando o portãozinho se abre e Sebastião entra, com a sacola pendurada a tiracolo, com um grande pão em uma das mãos e um recipiente com leite na outra.

– Seu Sebastião, o senhor não sabe o susto que levei, pensando que nos tivesse abandonado.

– Meu filho, nada tema. Não vou abandoná-los. Apenas fui pedir, em uma casa da redondeza, pão para nós três e um pouco de leite para a menina.

– Deus lhe pague, seu Sebastião. Deus lhe pague. Quer que eu acorde Lucinha?

– Deixe-a descansar mais um pouco. Quando acordar vamos nos alimentar e, então, iremos comprar as passagens. Será uma longa caminhada.

– Voltaremos para cá à noite?

– Se não encontrarmos abrigo melhor no caminho, voltaremos.

– Teremos que pedir comida...

– Sim. Teremos que pedir comida.

Passa-se meia hora e Sebastião pede a Atílio que acorde a menina, pois não seria bom que as outras pessoas os vissem ocupando aquele lugar. Explica-lhe que, certamente, elas os tomariam por vagabundos e que ninguém gosta de estranhos perto de suas casas. Atílio concorda e, mansamente, desperta a criança, fazendo-a comer um pedaço de pão e beber um pouco de leite. Lucinha alimenta-se avidamente.

– Nós vamos para casa ou vamos passear, papai?

– Vamos passear mais um pouco.

A menina olha, acanhadamente, para Sebastião.

– O vovô também vai passear conosco, filha.

– Você dormiu bem, Lucinha? – pergunta, carinhosamente, o ancião. – Olhe, nós vamos passear por dois dias e, depois, iremos para um lugar muito bonito, onde você terá uma outra casa e muitas crianças para brincar.

– Lá tem bonecas?

– Tem, filha, e quando o papai começar a trabalhar, vai comprar uma, só para você.

– Que bom!

É sábado e já são mais de oito horas quando os três saem à rua, com destino à agência rodoviária para comprar as passagens. Lucinha caminha no meio dos dois homens, de mãos dadas. A capital é grande e terão de caminhar por algum tempo.

– Papai, estou com fome! – reclama a menina, no colo de Atílio, depois de algumas horas de caminhada, atravessando diversos bairros, em direção ao centro da cidade.

Começam, então, a bater à porta de várias casas, para pedir alimento. A maioria, simplesmente, nega-lhes qualquer auxílio. Alguns moradores estendem-lhes apenas alguns trocados, dizendo-lhes que, ajuntando mais um pouco, poderão comprar um pão.

– Como está difícil, hoje! – lamenta Atílio.

– Estou com fome, papai!

– Precisamos arranjar comida. Não podemos nos alimentar, principalmente a menina, durante dois dias, apenas com pão.

Nesses momentos, Sebastião permanece sempre afastado, alegando a Atílio que seria mais fácil apenas ele e a menina conseguirem comida.

Atílio bate em mais uma porta e, desta vez, acredita que vai conseguir algo, pois a casa é de construção requintada e rica. Um homem de meia-idade atende.

– O que deseja?

– Será que o senhor não poderia arranjar um

pouco de comida para minha filhinha? Ela está com fome e estou desempregado.

– Está desempregado, é?! – pergunta, ríspida e brutalmente, o dono da casa. – Pois eu penso que o senhor não passa de um vagabundo que fica usando a pobre da menina para mendigar. Vá arrumar serviço, meu amigo!!! Trabalho tem em todo lugar. É só ter vontade!

– Mas...

– E suma daqui, seu vagabundo! Suma, antes que eu chame a polícia!

Dizendo isso, o homem bate a porta com vigor.

– Meu Deus!

– Por que o homem ficou bravo, papai?

– Por nada, minha filha. Ele deve estar nervoso.

– Acho que ele também não tem dinheiro para comprar comida...

– Deve ser isso, filha. Deve ser isso.

Sebastião, que ouvira os gritos do dono da casa, aproxima-se e abraça Atílio pelos ombros.

– Não desanime, meu filho.

– Nunca fui tão humilhado em toda a minha vida. Ele foi brutal comigo e na frente da menina...

– Você deve perdoá-lo, pois ele, provavelmente, possui problemas íntimos, maiores que os nossos. Na verdade, devemos orar por ele.

– Meu Deus, o que teremos que enfrentar ainda...

– Tenha confiança. Lá na esquina tem uma casa, onde estão reunidas várias pessoas. Pela janela aberta, eu os ouvi falarem de uma campanha beneficente. Devem ser pessoas bondosas e acredito que nos ajudarão. Vamos lá, esperar que a reunião termine.

Dirigem-se, então, para o local e recostam-se na parede da casa.

– Está cheirando comida gostosa, papai.

– Pelo que pude deduzir, são várias pessoas que estão almoçando aí, enquanto planejam um trabalho de assistência aos necessitados.

De fato, vários automóveis estão estacionados defronte a moradia e, de onde estão, podem ouvir as conversações, entremeadas pelo tilintar dos talheres e pratos.

– Muito boa comida. – exclama um dos presentes.

– Modéstia à parte, minha esposa é uma ótima cozinheira, mas vamos voltar ao assunto que nos reuniu aqui hoje.

– Sim. Vamos combinar como realizaremos a campanha. Nada como auxiliar os desprotegidos da sorte. Como faremos a campanha para angariar fundos?

– Penso que devemos realizar algo grandioso e que chame a atenção.

– Sugiro um grande baile, lá no clube.

– Penso que uma quermesse seria o melhor caminho.

– Não, não. Um baile dará menos trabalho e não teremos que ficar atendendo barracas.

– Mas a quermesse, certamente, dará mais lucro.

– De minha parte, – diz outro – prefiro o baile. Inclusive, poderá ser feita ampla reportagem pelos jornais.

– E se fizermos uma rifa? – sugere uma senhora.

– Pelo amor de Deus! Detesto ter que vender bilhetes de sorteio.

– Acho que seria melhor fazermos um estudo do que poderá render mais, monetariamente.

– Não podemos esquecer que temos de realizar algo que não nos tome muito tempo, pois eu, por exemplo, sou muito ocupado.

– Eu também.

– Não dou conta nem dos meus negócios.

– E o que faremos com o dinheiro que conseguirmos com a campanha?

– Penso que, primeiro, teremos que arrecadar o dinheiro. Depois, estudaremos onde empregá-lo.

– Como será gratificante auxiliar o próximo!

– Por que será que Pedro não veio à reunião?

– Para falar a verdade, acho que ele se afastou de nós.

– Afastou-se?

– Sim. Ele me disse que não pode mais vir às nossas reuniões semanais, porque tem que trabalhar lá naquele orfanato, nos fins de semana.

– Trabalhar! O que ele fica fazendo lá? Pelo que sei, fica conversando e brincando com as crianças. Isso lá é trabalho? Já vi tudo...

– Ele leva um pouco de alimentos também.

– Ora, isso é problema do governo e não dele.

– Se ele não for ao almoço da semana que vem, na casa dos Moura, nós o excluiremos definitivamente de nossa campanha.

– Talvez não queira gastar dinheiro e nem trabalhar quando chegar a sua vez de patrocinar o almoço em sua casa.

– Bem, pessoal, vamos deixar Pedro de lado e marcar a data do evento.

– Penso que, daqui a seis meses, no fim do ano, estará bom.

– De minha parte, não concordo, pois estarei de férias e vou viajar.

– Podemos, então, realizar no ano que vem.

– Só se for depois do Carnaval.

– Isso mesmo. Vamos fazer o baile depois da Quaresma.

– Aprovado.

Do lado de fora, Atílio puxa Sebastião.

– Vamos embora. Acredito que, aqui, não conseguiremos nada.

– Vamos esperar mais um pouco, meu filho. Quem sabe...?

– Vamos tentar, então. Vou tocar a campainha, pois não podemos ficar muito tempo aqui, parados, esperando.

Atílio toca a campainha da casa e uma mulher, ricamente trajada, vem atender.

– Pois não...

– Minha senhora, desculpe a minha intromissão, mas estou desempregado e minha filhinha tem fome. Será que não poderia nos arrumar um pouco de comida?

A mulher exibe enorme contrariedade no olhar e pede para aguardar alguns minutos.

– Quem é, Leonora? – pergunta um dos presentes, dentro da casa.

– É um pedinte que quer um pouco de comida para ele e a filhinha.

– Como esta cidade está cheia de vagabundos! – exclama um outro.

– Penso que a Prefeitura deveria fazer alguma coisa nesse sentido.

– Dê-lhe alguns trocados, Leonora, para comprar pão.

– Espere – diz autoritariamente uma outra senhora. – Será que vocês não percebem que ele não está pedindo dinheiro? Só quer um pouco de comida e acho que alimento é o que não nos falta neste momento.

– Deve ser um vagabundo. Se ficarmos constantemente ajudando essas pessoas, acredito que estaremos prejudicando-as. Desse jeito elas nunca trabalharão, pois podem comer e beber sem trabalho.

– Sou da mesma opinião. – exclama outro homem.

– Vocês estão errados em agir assim. – interrompe a mulher. – Sei que muitos são vagabundos, mas devem existir também aqueles que realmente precisam. Além do mais, não acredito que alguém entre nesse tipo de vida por livre e espontânea vontade. Se não ajudarmos a todos que nos procuram, estaremos prejudicando os bons. Auxiliando a todas as pessoas que nos pedem um pouco de alimento, certamente, um dia, estaremos ajudando um verdadeiro necessitado. Penso que temos que ajudar sempre, confiando nas pessoas que nos solicitam auxílio. E, além do mais, não podemos negar alimento a quem tem fome, por pior que seja, principalmente quando esse alguém é uma criança. Estamos aqui, ingerindo lauto almoço, numa reunião que visa um trabalho beneficente e penso que esta é a melhor hora de começarmos a agir.

Dizendo isso, faz dois pratos de comida e leva-os para fora, fazendo com que Atílio e a menina entrem para o lado de dentro do portão para poderem comer, comodamente e à sombra.

Depois de se alimentarem e sair de volta para a rua, Sebastião comenta com Atílio:

– Tomara que consigam realizar o trabalho beneficente a que estão se propondo, pois, senão, terão que prestar contas a Deus, por todos esses alimentos em prol da campanha.

Caminham por mais meia hora e chegam à rodoviária, onde Sebastião dá o dinheiro para que Atílio compre as três passagens.

– Sobraram alguns trocados e poderemos comprar um litro de leite para Lucinha.

– O senhor é muito bom, seu Sebastião.

– Vamos voltar agora.

– Quero colo, papai.

Atílio pega a menina e esta deita a cabecinha em seu ombro, dormindo quase que em seguida.

– Pobrezinha! Deve estar cansada. – diz, tristemente, enquanto caminham de volta.

***

Já começa a escurecer, quando passam, novamente, a pedir comida. Sebastião, como sempre, fica de longe, às escondidas, enquanto Atílio apela, juntamente com a menina, aos corações das famílias. Como acontecera de manhã, recebem alguns trocados e muitas imprecações, conseguindo um prato de comida, somente quando são já mais de sete horas da noite. Chama, então, Sebastião.

– Não estou com fome, Atílio. Podem comer, você e a menina.

– O senhor também precisa se alimentar.

– Vou comer apenas um pedaço de pão. Sinceramente, não estou com fome. Na minha idade, pouco se come.

– Não acredito. O senhor não quer comer para que sobre mais para nós e isso eu não posso aceitar.

– Fique tranquilo, pois estou falando a verdade.

Atílio, então, alimenta-se juntamente com a menina e fica bastante triste e angustiado em ver a filhinha ter que comer com as mãos, pois a dona da casa deu-lhes a comida em uma pequena lata, sem nenhum talher. Dói-lhe o coração, a cena. Sebastião, parecendo adivinhar-lhe os pensamentos, procura consolá-lo:

– Não sofra por tão pouco, meu filho. Agradeça a Deus o fato de estar comendo e não desanime, pois logo terá um lar que, se não possui muito luxo, pelo menos, será decente.

Nesse momento, a dona da casa abre a porta e traz duas xícaras de café, para ele e para a menina.

– Muito obrigado, minha senhora, mas será que não poderia arranjar alguma coisa para este velho homem que também passa por necessidades?

– Velho? Que velho?

Atílio, então, volve o olhar para onde estava Sebastião e não o vê. Levanta-se, olha para os dois lados da rua e não consegue avistar ninguém.

– Onde será que ele foi? – pergunta, apalermado, à dona da casa.

– Não se preocupe. Se ele voltar, o senhor bate à porta que arranjarei algo para ele.

– Mas onde será que ele se meteu?! Você viu para onde ele foi, Lucinha?

– Não, papai.

Atílio e a menina terminam de comer, tomam café e, chamando a mulher para devolver as xícaras, retornam à rua.

Está preocupado com o paradeiro do velho, porém, depois de andar alguns passos, ouve a voz do ancião, por trás de seus ombros.

– Como é, Atílio? Estava boa a comida?

– Aonde o senhor foi? A dona da casa ia lhe arranjar alguma coisa. Vamos voltar lá e eu peço para ela.

– Já disse para não se preocupar comigo. Não estou com fome. Fui dar uma volta no quarteirão, enquanto vocês comiam.

Continuam a caminhar e, quando passam defronte a um cinema, recebem de um senhor e de uma moça um folheto de propaganda a respeito de uma conferência que seria proferida por um missionário religioso. O convite para a palestra está ilustrado por bonita estampa a cores, que representa o Céu e o inferno. Ocupando a metade de cima, diagonalmente, estão pintados flocos de nuvens, com anjos tocando harpas e pessoas felizes, todas de branco, aparecendo, em primeiro plano, uma mulher, com uma expressão divina no rosto. Na outra metade de baixo, o vermelho contrasta com o azul do céu e várias pessoas ardem no fogo do inferno, com demônios e criaturas horrendas a supliciá-las, numa cena dantesca. As cores se fundem no ponto divisório dos dois ambientes e as expressões dos rostos são perfeitas.

– O que você acha desse desenho, Atílio? – pergunta Sebastião.

– Para mim, representa apenas o Céu e o inferno.

– Você acredita nisso?

Depois de pensar um pouco, Atílio responde:

– Possuo algumas dúvidas.

– Que dúvidas?

– Nunca tive muito tempo para ler a respeito, apesar de já ter frequentado três religiões diferentes, pois sempre me preocupei em encontrar uma, para seguir, com bastante entendimento e fé. Porém, muitas dúvidas, como já disse, sempre ocuparam minha mente. Acredito, por exemplo, que os bons serão recompensados e os maus, punidos, mas não consigo aceitar a ideia de que as pessoas que, um dia, entregaram-se ao mal, sejam punidas eternamente.

– Como assim? – pergunta o velho, com um leve sorriso nos lábios e no olhar.

Atílio fica por alguns momentos em silêncio, enquanto continuam a caminhar e, após alguma reflexão, responde:

– Veja o senhor esta pintura. Imagine se esta mulher, com expressão de grande felicidade no olhar, possuísse um filho que, desviando-se do bom caminho, viesse a se tornar um criminoso e que, depois de morto, fosse, em estado de alma ou sei lá o quê, para o inferno. Como poderia ela, sua própria mãe, ser feliz no Céu, que é um lugar de alegrias, estando seu filho querido a sofrer eternamente no inferno, sem nada poder fazer para ajudá-lo? Para mim esta figura está errada.

– Pode ser que você ainda não tenha encontrado um caminho religioso, mas vejo que possui muita inteligência em seu raciocínio.

– O senhor acha que estou certo?

– Acho. Também penso assim.

– Como encara essa questão de Céu e inferno?

– Acredito que, se um pai, aqui na Terra, perdoa a um filho, por pior que ele seja, e está sempre pronto a lhe dar novas oportunidades, Deus também assim o faz, pois Ele é infinitamente muito mais bondoso e amoroso para com todos nós, seus filhos, do que um simples pai terreno.

– É o que penso, mas não tenho a mínima ideia de como isso possa ser.

– Tenho certeza de que, um dia, encontrará resposta para todas suas dúvidas.

Nesse momento, o diálogo é interrompido, pois chegam à velha casa que os abrigou na noite anterior e preparam-se para descansar. Servem um pouco de leite à menina e acomodam-na no cobertor de Sebastião.

– Em suas orações, Atílio, não se esqueça de agradecer a Deus por mais este dia.

– Pedirei também que nos ajude nos próximos, pois anseio intensamente pelo momento de subirmos no ônibus que nos levará até nosso destino. Por falar nisso, o senhor não poderia elucidar-me melhor a respeito desse bairro para o qual iremos?

– Tenha paciência, Atílio. Logo você o conhecerá e aos seus moradores. Como já lhe disse, é um bairro afastado da cidade, onde as pessoas muito se respeitam e trabalham no cultivo de hortaliças que são vendidas na região. Mas vamos descansar, agora.

Dizendo isso, o velho recosta-se em um canto e cerra os olhos. Atílio, por sua vez, deita-se ao lado da filha e fica admirando-a. Somente agora, percebe que aquele rostinho ingênuo, já está todo sujo e as mãozinhas também. Emociona-se com isso, concluindo que a ingenuidade dos pequeninos é uma bênção de Deus e agradece pela filha boazinha, que só sabe reclamar quando a fome lhe faz doer o estômago. Agradece também pela dádiva que recebeu ao encontrar-se com Sebastião que, certamente, lhe proporcionará uma vida tranquila e feliz. Descobre ainda nesse momento, que a maior felicidade para alguém é ter um teto, comida e trabalho digno. Lembra-se da esposa querida, que sempre o lembrava disso, quando viva.

"– Minha pobre Rosalina!" – pensa Atílio. "– Você tinha razão quando dizia que a maior felicidade é a paz de espírito."

Emocionado e com os olhos úmidos, beija o rostinho da menina, sem perceber que Sebastião o observa, de seu canto, com suave sorriso nos lábios.

✳✳✳

Na manhã seguinte, Sebastião sugere que permaneçam em uma pequena praça existente nas redondezas, onde Lucinha poderá brincar até a hora do almoço, quando, então, pedirão comida. Atílio concorda e saem, novamente, os três. Como no dia anterior, o almoço é conseguido à custa de muito pedir e implorar. À tardezinha, porém, acontece algo que marca, profundamente, Atílio, com relação a Sebastião.

Estão, ainda, sentados em um dos bancos da praça, quando a menina percebe qualquer coisa lá pelos lados de uma igreja, do outro lado do parque.

– Papai! Papai! Venha ver que bonito! Vamos lá, papai! Vamos lá, vovô!

– O que é Lucinha?

– Lá na igreja, papai! Venham ver!

Atílio e Sebastião levantam-se e acompanham a menina até o local. Atravessando a rua, defrontam-se com enorme templo religioso. Pela porta aberta, verificam que está sendo decorado para um casamento.

– Olhe que bonito, papai!

Realmente, seu interior está repleto de margaridas e belíssimos arranjos estão sendo ultimados.

Entram e a menina não cabe em si de contentamento.

– Vai ter festa, papai?

– Vai ter um casamento, Lucinha.

– Quero ficar olhando.

Nesse momento, um dos presentes dirige-se a Atílio e pede-lhe que saia, pois está na hora de começar a cerimônia e os convidados já estão começando a chegar. Este prontamente obedece, mas a menina, encantada com o que vê, não acompanha o pai.

– Vem, filhinha. – pede Atílio, já na porta de saída, porém, a menina parece não ouvi-lo, deslumbrada com as flores. Sebastião está ao seu lado.

– Venha, menina! – chama, rispidamente, o desconhecido. – Venha!!! Mas que coisa!!! Os convidados já estão chegando!

Dizendo isso, parte em direção à menina que, desvencilha-se dele e corre até um canto, derrubando, na passagem, uma corbelha com flores.

– Só quero ficar olhando... – choraminga.

103

– Lucinha! – grita Atílio. – Venha!

Mas a criança, na sua inocência, corre e derruba nova corbelha. Para em outro canto e deslumbra-se com a imagem de uma santa.

– Parece a mamãe, papai!

– Venha aqui, menina!!! – grita o desconhecido, com raiva.

Lucinha não dá atenção a ele e este exaspera-se mais.

– Agora você vai ver só uma coisa!!!

– Dizendo isso, parte novamente para cima de Lucinha.

– Não! – grita Atílio.

Apenas Sebastião acompanha o homem e, quando este, raivosamente, abaixa o braço para agarrar a menina pelos cabelos, o velho segura-lhe vigorosamente a mão. O homem dá um grito e fica olhando para a menina, que corre em direção a Atílio.

– Meu Deus! – exclama, com os olhos esbugalhados – Que estranha força segurou-me o braço?

Nesse momento, Atílio e Lucinha já estão abandonando a igreja, seguidos por Sebastião.

No exato momento em que o homem soltou um grito, um padre, que estava entrando no interior do templo, correu até ele, indagando:

– O que aconteceu, Euclides? O que foi?

– Um milagre, seu padre!!! Um milagre!!!

– Milagre?! Que milagre, seu Euclides?!

Lá fora, Atílio dirige-se a Sebastião:

– Não estou entendendo nada. O que aconteceu

com o homem? Ele falou em estranha força que lhe segurou o braço... mas foi você quem o segurou...

– Ele deve ter-se referido ao fato de, eu, um velho, tê-lo segurado.

– Não foi bem assim. Acabei de ouvi-lo falar em milagre...

– Não se preocupe com isso, Atílio. Ele deve ser um louco. Imagine querer bater em uma pobre criança só porque queria ficar dentro da igreja e derrubou umas flores.

– O homem deve ser louco mesmo. E, quanto a você, Lucinha, não desobedeça mais ao papai. Quando lhe pedi para sair, você me desobedeceu.

– Estava tão bonito...

– Não se zangue com ela, Atílio. Isso é coisa de criança.

Sentam-se novamente nos bancos da praça. Atílio e Lucinha em um e Sebastião em outro.

– Atílio, vou ter que ir a um lugar agora, e não sei a que horas voltarei para dormir. Você não precisa se preocupar. Apenas lhe peço que, se por acaso eu não chegar lá na velha casa, pegue Lucinha e vá para a estação rodoviária. O ônibus sai às nove horas da manhã e vocês devem sair de casa de madrugada, para chegarem a tempo.

– Mas o senhor não vai?

– Vou, mas posso encontrá-los lá na estação.

– Oh, sim.

– Espero que consiga alimento para esta noite.

– Deus me ajudará.

Nesse momento, um senhor passa por Atílio e dirige-se ao banco em que Sebastião está sentado e é preciso que este saia para o lado e levante-se para que o homem não lhe sente no colo.

– Estamos combinados, então, Atílio. Até logo. – diz o velho, levantando-se e partindo.

– Até logo.

O homem que está sentado ao lado olha para Atílio e pergunta-lhe:

– O senhor falou comigo?

– Não, eu... – para a frase no meio, não querendo acreditar no que lhe vem à mente e continua – ... o senhor está vendo aquele velho que está indo, logo ali?

– Velho? Que velho?

Atílio continua enxergando Sebastião e insiste:

– Aquele velho que se levantou do banco, assim que o senhor se sentou...

– Desculpe-me, mas não vi e nem estou vendo ninguém. – afirma o desconhecido, levantando-se e indo embora, talvez com receio de que Atílio fosse louco.

Atílio sente um frio a lhe percorrer a espinha e milhares de pensamentos lhe vêm à mente, entendendo, agora, porque sempre que ia pedir comida, Sebastião ficava de longe, sumindo nas esquinas e porque aquele homem, na igreja, falara em força estranha. Com certeza, ele também não vira Sebastião. Apenas sentira a oposição que as mãos do velho lhe impuseram ao braço.

"– Meu Deus! – pensa, assustado. – Quem será Sebastião?! Será um Espírito?" – Já ouvira falar de Espíritos que apareciam como se fossem de carne e osso e, inclusive, agiam no ambiente, afinal, Sebastião chegou a ceder um cobertor para Lucinha e um paletó para ele, além do pão e do leite que trouxera no dia seguinte ao primeiro encontro... E na igreja, quando segurou o braço daquele homem? No banco do jardim, quando uma outra pessoa quase sentou em seu colo? Eles não o viram. Será que somente ele e a filha o enxergavam naqueles momentos? Concluiu, também, que Sebastião se desviara do homem que se sentara no banco, apenas para disfarçar. E o tal bairro do qual falara? Nisso, ele acreditava, pois fosse quem fosse, confiava em Sebastião. Somente não tinha mais certeza se o veria de novo. Se não, teria de procurar, sozinho, o bairro, naquela cidade.

Ao escurecer, começa a caminhar junto com a menina, à procura de comida e, depois de quase uma hora de pedidos, consegue o alimento, indo, então, para a velha casa que os abrigara, há duas noites.

Lucinha deita-se e dorme, porém, passado pouco tempo, começa a debater-se e a balbuciar palavras ininteligíveis, enquanto dorme. Atílio abaixa-se até ela e constata que está com febre alta e delira.

– Meu Deus! – implora – O que farei? Justo agora que íamos viajar!

Cola os lábios na testa da menina e deposita a mão em seu pescocinho.

– Está ardendo em febre. Que posso fazer, meu Deus?! Ajude-me!

Dizendo isso, começa a acariciar os cabelos da filha e faz sentida prece a Jesus, para que o auxilie. Alguns minutos se passam e quase não acredita no que vê: abrindo o portãozinho, entra Sebastião.

– Sebastião! Que bom vê-lo de novo. Lucinha está ardendo em febre.

O velho aproxima-se da menina, coloca a destra por sobre sua cabecinha e cerra os olhos, em oração. Permanece muito tempo nesse estado. Atílio ora com devoção e crê que Deus, através do ancião, irá ajudá-los.

– Pronto, Atílio. A febre já passou.

Atílio levanta-se, de um salto, apressando-se em encostar-se na menina. Realmente, a febre passou. Olha para o velho, com gratidão.

– Quem é o senhor, afinal? – pergunta mansamente.

– Quem sou, não importa, agora. Sua fé curou a menina.

– Quem é o senhor? – pergunta, novamente, e, agora, em lágrimas.

– Meu filho, espero que todas as lições por que passou, nestes últimos dias, façam-no dirigir-se às coisas do Alto. No bairro para onde irá, poderá aprender muito e trabalhar bastante em prol dos necessitados. Eu não vou com vocês, pois não é mais preciso.

– O senhor não vai?

– Não. Quando chegar à cidade a que se destina, pergunte a qualquer um, como fazer para chegar ao bairro que fica logo depois da velha estrada de ferro. Não será difícil. Chegando lá, procure por um senhor, já de idade avançada, a quem chamam de seu Afonso, conte-lhe tudo o que aconteceu e peça que lhe dê a minha casa para vocês morarem e trabalho na lavoura. Diga-lhe também que está disposto a estudar, pelo raciocínio e pela fé, as verdades da vida e ele, então, o ajudará. Nada temam e vão com Deus.

Dizendo isso, o velho levanta-se e abraça Atílio, ternamente. Depois, beija a menina e sai em direção à rua, deixando Atílio estupefato. Somente nesse momento, percebe que deveria insistir mais para saber quem, na verdade, é aquele homem e sai para a rua para chamá-lo, mas está deserta, pois Sebastião praticamente sumira.

Atílio não prega os olhos com medo de perder o ônibus e passa algumas horas lembrando-se do que lhe acontecera nos últimos dias.

"– Como tudo pode mudar, de repente, na vida da gente! – pensa. – Vivia feliz com Rosalina, Lucinha e Eneida. Quando menos é esperada, a morte rouba-me a companheira e a cunhada; perco o emprego, quase ponho termo à minha própria vida; sinto, na pele, o sofrimento dos desamparados e recebo a ajuda de um estranho, que nem sei se é real. Também nada sei sobre o que me espera. Que bairro será esse? Tenho muita fé em Deus, em Sebastião e vislumbro uma possibilidade de paz e segurança para onde vamos. Mas quem será esse homem? Por que não vai conosco para a sua terra? Ajude-o, Jesus, em sua caminhada."

O tempo passa e, quando percebe que já deve estar na hora, tenta acordar a menina para caminharem até a estação rodoviária, porém, a criança não consegue despertar, de tão cansada que está e pela febre que a havia acometido. Enrola-a, então, no cobertor e carrega-a no colo, em direção ao seu destino. Passa em frente à igreja e vê o relógio marcar quase duas horas da madrugada. Caminha devagar, para não cansar-se com o peso da menina, que somente acorda, em seus braços, às sete horas da manhã. Às oito, entra em um bar perto da estação e compra, com os poucos trocados que ganhara na véspera, um copo de leite e dois pedaços de pão com manteiga, com que se alimentam.

Faltando quinze minutos para as nove horas, o ônibus esperado finalmente estaciona. Atílio sabe que a viagem levará seis horas e que, somente chegará à cidade por volta das três da tarde. Já dentro do ônibus, percebe, depois de todos entrarem e se acomodarem, que um passageiro terá que fazer a viagem em pé, pois os lugares não são suficientes para todos. Faz, então, com que a menina se acomode por sobre suas pernas e convida o homem a sentar-se no lugar dela.

– Muito obrigado, meu senhor. A viagem vai ser longa.

– Este ônibus vai direto a seu destino?

– Vai. Somente para, uma vez, em um restaurante que se localiza na metade do caminho.

– Diga-me uma coisa: o senhor está passeando ou vai para casa? – pergunta Atílio.

– Vou para casa. Vim à capital apenas para visitar uns parentes.

Nesse momento, o ônibus começa a rodar, saindo da estação rodoviária, em direção à estrada.

– O senhor conhece os bairros que ficam depois da linha férrea?

– Só existe um bairro, lá. É o Bairro dos Estranhos.

– Bairro dos Estranhos?

– Sim. O senhor nunca ouviu falar?

– Não... bem... é a primeira vez que ouço esse nome. Apenas sabia da existência de um bairro, localizado depois da linha férrea e vou tentar arrumar um emprego lá, na lavoura.

– Oh, sim. Eles plantam hortaliças, lá.

Atílio sente um alívio ao saber que, realmente, existe esse bairro do qual Sebastião lhe falara, mas estranha o nome.

– Meu amigo, o senhor mora há muito tempo nessa cidade?

– Moro há vinte e dois anos.

– Por que chamam o local de Bairro dos Estranhos?

– Esse nome é muito antigo e foi o próprio povo da cidade que passou a denominá-lo dessa maneira. Na verdade, a maioria das pessoas tem um pouco de medo de seus moradores.

– Medo?

– Não se impressione com isso. Os moradores desse bairro são muito bons, mas são todos espíritas e as pessoas da cidade, apesar de muitas procurarem consolo e conselhos com eles, têm um certo receio desse negócio de Espíritos, principalmente, porque os religiosos da cidade vivem dizendo que essa gente rende culto ao demônio e coisas desse tipo. De minha parte, não acredito e até fui lá, uma vez.

– É grande o bairro?

– Não. Deve ter umas cinquenta casas, mais ou menos. Certa noite, um vizinho, que ia sempre lá, insistiu muito e acabei indo com ele. E até gostei, sabe? Quando lá cheguei, confesso que fiquei com um pouco de medo, mas depois que ouvi eles falarem, fiquei tranquilo.

– E do que eles falaram?

– Não me lembro bem, pois faz muito tempo. O que sei é que só falaram em Deus, em Jesus e em fazer o bem.

– E o senhor viu ou ouviu Espíritos?

– Não. A noite em que fui era só de "passes".

– "Passes"?

– Sim. São uns benzimentos que eles fazem na gente. E saiba que voltei muito calmo de lá.

– E o senhor retornou lá outras vezes?

– Não. Sabe como é... Se a gente vai lá, as pessoas ficam falando isso e mais aquilo e não gosto disso. Além do mais, frequento minha religião, minha igreja, e está muito bom para mim. Existem muitas pessoas da cidade que vão sempre lá, mas não são bem vistas pelos outros. Inclusive, os prefeitos que passaram pela chefia da cidade já foram muito pressionados para tomar alguma providência contra o bairro, mas nada puderam fazer. Afinal de contas, o bairro fornece todas as verduras para nossa cidade e região e paga em dia os seus impostos.

– O bairro é rico, então?

– Sim e não. Quer dizer, ganham bom dinheiro com as verduras, mas uma boa parte é destinada a entidades assistenciais da redondeza e na divulgação das suas crenças.

– Um povo assim, só pode ser bom...

– Como já disse, são muito bons, mas a cidade os cobre com um manto de mistério e misticismo.

– Interessante...

O resto da viagem passam em silêncio, pois alguns minutos depois Atílio adormece, por causa da noite em que passara acordado. Agora está mais tranquilo, pois sabe que o bairro existe e que irá encontrar-se com pessoas bondosas.

Na metade do caminho, o ônibus para no restaurante e todos descem.

Atílio e Lucinha também o fazem, indo primeiro ao

sanitário. Ao voltarem para dentro do restaurante, Atílio preocupa-se, pois todos estão comendo alguma coisa e sabe que a menina já deve estar com fome. Mal acaba de pensar nisso e a criança lhe dirige um olhar rogativo.

– Papai, compre alguma coisa para comer.

Atílio revolve os bolsos e encontra apenas uma moeda de pouco valor. Volta o olhar em direção à filhinha e esta lhe sorri.

– Acho que não estou com vontade de comer nada, não, papai.

Atílio emociona-se e abraça a menina, sem conseguir evitar que seus olhos fiquem marejados.

– Você é um anjo, minha filha. – diz emocionado, fitando os olhos da criança. – Tão pequenina e já tão compreensiva.

Lucinha apenas lhe sorri.

Nesse momento, uma mão lhe estende um pedaço de bolo.

– Pegue, neném. É para você.

Atílio ergue os olhos e vê que é seu companheiro de viagem quem estende o alimento.

– Deus lhe pague, meu amigo.

– Compreendo a sua situação. Aceite também alguma coisa.

– Obrigado, mas estou sem fome.

– Por favor, aceite. – e, dizendo isso, estende a Atílio, outro pedaço de bolo.

– Obrigado, mais uma vez e que Deus o abençoe.

Atílio sai com a menina do restaurante e sobe com ela no ônibus. Lá chegando, tira um pedaço de papel do bolso e embrulha o bolo, na intenção de guardá-lo para mais tarde.

Durante o resto da viagem, finge dormir para poder raciocinar mais um pouco sobre tudo o que lhe acomete o íntimo.

"– Talvez, – pensa – eu possa, lá no bairro, descobrir quem é Sebastião. O que não consigo entender é por que não veio conosco e, principalmente, quem é ele."

Ensaia também, mentalmente, o que dizer quando lá chegar e acaba, novamente, por adormecer, o mesmo acontecendo com Lucinha. Mais algumas horas se passam e acorda, sobressaltado.

– Estamos quase chegando – informa o vizinho da poltrona.

– Já? Puxa, dormi bastante.

– A menina ainda dorme?

– Sim.

– O senhor parece gostar muito dela.

– É tudo o que eu tenho.

Dizendo isso, fica a admirar a menina, que dorme com serena expressão no rostinho, já encardido de sujeira. O vestidinho também está sujo, assim como seus braços e pernas e os cabelos, enroladinhos de gordura e pó.

"– Minha pobre filhinha! – pensa – Se Deus quiser, logo tomará um banho e, assim que puder, lhe comprarei um vestido novo e uma boneca."

O BARRACÃO

— COMO ESTÁ INDO CLOTILDE? — PERGUNTA AFONSO a dona Conceição, companheira de casa da infortunada andarilha.

— Está mais calma agora, seu Afonso. Foi muito boa a ideia de lhe pedir para ajudar-me na costura de roupinhas.

— Sim. O trabalho alivia a mente e acalma.

— O que me dá muita pena é vê-la olhando-se no espelho e apalpando-se. Que será que aconteceu com ela, seu Afonso?

— Ainda não sei, apesar de ter algumas conjeturas a respeito.

— Sabe, seu Afonso, ontem à noite, surpreendi-a abraçada com uma boneca de pano, dessas que eu faço para as crianças. Abraçava-a como se fosse um bebê e lágrimas corriam de seus olhos.

— Bastante estranho...

— Pobre mulher...

Nesse instante, a porta se abre e Clotilde sai da casa.

– Boa tarde, seu Afonso.

– Boa tarde. Como tem passado?

Clotilde dá apenas um suspiro.

– Está gostando daqui?

– Oh! Estou gostando muito. Todos são muito bons para mim e o trabalho tem me distraído um pouco.

Fica alguns segundos em silêncio.

– Seu Afonso...

– Sim...?

– Quando poderei começar a aprender alguma coisa a respeito da religião de vocês?

– Você quer, realmente?

– Sinto muita necessidade de acreditar em algo que me console e que, talvez, me dê alguma resposta para meu problema.

– Pois, então, amanhã mesmo começaremos a conversar a respeito.

– Certo.

Seu Afonso já está para se despedir das duas quando Clotilde lhe dirige novamente a palavra:

– Gostaria muito que o senhor me satisfizesse uma curiosidade.

– O que é, Clotilde?

– Gostaria de entrar no barracão.

– No barracão?

– Sinto muita curiosidade por ele.

– E o que você espera encontrar lá dentro?

Clotilde fica pensativa. Nesses poucos dias que ali está, sente certo medo daquela construção de janelas altas que não dá para alcançar do lado de fora. Sempre que passa por ele, fica tentando imaginar o que pode haver lá dentro, onde, por duas noites, viu, da janela de sua casa, várias pessoas ali entrarem e a porta ser fechada. Confia nos moradores daquele bairro, pois percebe a bondade em todos os seus atos, mas não consegue deixar de ter medo daquela construção e do que ela talvez encerre. Imagina altas paredes pintadas de vermelho, imagens de santos ou demônios, crânios, velas pretas, homens vestidos de negro, com capuzes. Chega mesmo a imaginar um grande círculo cabalístico pintado no chão e um altar no fundo, com uma enorme cabeça de bode esculpida ou modelada em massa de papelão, com os olhos vermelhos. Será que imolariam animais ou aves?

– Não sei, seu Afonso. Apenas tenho muita vontade de entrar lá.

Afonso concorda e leva Clotilde até o barracão.

– Aqui é o lugar onde nos reunimos e em que você poderá vir algum dia, para tomar parte em um de nossos trabalhos. Se assim o desejar, é lógico.

Clotilde não consegue esconder um certo nervosismo e um arrepio lhe percorre a espinha. "Não! – pensa – não posso ter medo ao lado de pessoas que falam constantemente em Deus, Jesus e amor ao próximo." E, acalmando-se, entra no recinto, assim que Afonso abre as portas do barracão.

O prédio pintado de branco desaponta-a, sobremaneira. Lá não existe imagem alguma, nem círculos cabalísticos, nem velas coloridas. Apenas toscos bancos de madeira, como se fosse um auditório e, na outra extremidade, ou seja, ao fundo, uma grande mesa contendo, aproximadamente, umas quinze cadeiras dispostas à sua volta. Nada mais.

– Só isso?!... – é a frase que escapa dos lábios de Clotilde.

– Esperava encontrar mais alguma coisa?

– Bem... não sei... esperava encontrar, talvez... algum altar, velas,... sei lá...

– Nosso altar trazemos em nosso coração e as velas são, superiormente, substituídas pela luz da verdade e do amor. Que mais esperava encontrar?

– Não sei... O senhor me desculpe. É que estou achando tudo simples demais.

– Lembre-se, Clotilde, que Cristo, que foi o maior dentre os homens, nunca erigiu templo algum para falar de Deus e das leis da vida com seus discípulos. Qualquer lugar era ideal para isso. Nós temos este barracão apenas para podermos reunir todas as pessoas que aqui vêm, ao abrigo das intempéries.

– O senhor tem toda a razão. Apenas estranhei...

– Não se preocupe, Clotilde. Já estamos acostumados com a surpresa que se estampa nos olhares dos que aqui vêm pela primeira vez.

– E aquela porta lateral?

– Aquela porta comunica este salão com uma pequena sala, onde se encontram apenas oito cadeiras. É onde fazemos o nosso trabalho de assistência espiritual. Você terá oportunidade de ver esse trabalho.

Saem do barracão e Afonso tranca novamente a porta.

– Desculpe-me a insistência, Clotilde, mas gostaria que me dissesse, realmente, como se sente.

– Um pouco mais calma, mas bastante angustiada. Às vezes, tenho a impressão de que meu problema não tem solução, de tão complicado que é. Já não tenho mais certeza de nada. Esse meu rosto...

– Tenha esperança, minha filha...

– Cada dia que passa, perco-a mais. Seu Januário e dona Olga vieram ontem, mas não disse nada a eles a respeito do meu rosto. Não tive coragem. Eles estavam tão prestimosos ao me fotografar. De que vão adiantar as fotos? Fotografar um rosto que não é meu...

– Clotilde, minha filha. Esse é o seu rosto. Apenas acho que você, talvez, não se lembre ou coisa parecida.

– Não, seu Afonso. Lembro-me muito bem de meu rosto e não é este. Não consigo entender isso e faço de tudo para não pensar muito a respeito, pois, senão, acabarei ficando louca, se é que já não estou.

– Não fale assim, minha filha.

– Agora, de uma coisa eu tenho certeza.

– De quê?

– De que gosto muito deste lugar e me sinto muito bem aqui. Melhor do que onde eu estava. Na verdade, seu Afonso, cada dia que passa, sinto menos vontade de voltar e mesmo de encontrar Adolfo, meu marido. Tudo aquilo, de repente, me causa repulsa.

– Nada tema, Clotilde, mesmo que descubramos, um dia, toda a verdade, este lugar estará sempre de portas abertas a você.

Nesse momento, seu Afonso é chamado pela esposa e, convidando Clotilde a acompanhá-lo, vai até sua casa onde, defronte, está estacionado um carro. Entram e encontram um casal, jovem ainda, que traz consigo um menino de aproximadamente seis anos de idade.

Armando, que está conversando com eles, apresenta-os a seu Afonso:

– Pai, este é o casal sobre o qual lhe falei ontem. Trouxeram a criança.

– Pois não. Em que posso lhes ser útil?

– Senhor, ouvi dizer que faz "benzimentos" e, como meu filho anda muito nervoso e acorda sobressaltado à noite, nós o trouxemos... nós achamos... bem... nos disseram que ele tem "encosto" de Espíritos...

Afonso sorri e, pedindo ao menino para sentar-se em uma cadeira e, auxiliado por Armando, faz alguns gestos com as mãos por sobre a criança, enquanto profere sentida prece, pedindo auxílio a Jesus.

– Meus amigos, – dirige-se ao casal, após terminar – o menino não tem "encosto" de Espíritos, como vocês imaginam, apesar de eles existirem...

– E o que ele tem? – pergunta, ansiosa, a mãe.

– Bem... toda criança possui uma capacidade muito grande de captar vibrações mentais que existem por toda a parte, emanadas das mentes humanas, principalmente, e com mais intensidade, aquelas que ficam impregnadas no próprio lar.

– Já ouvi falar sobre isso...

– Acontece que... e desculpem-me a franqueza... mas, as vibrações de seu lar não devem estar nada boas, ultimamente.

Depois de alguns segundos de silêncio, nos quais o casal troca alguns olhares:

– O senhor tem razão. – confessa o jovem, olhando com ar de entendimento para a esposa.

– As crianças – continua Afonso –, necessitam de

120

vibrações de amor e carinho para se equilibrarem. Essas vibrações não são somente aquelas que os adultos demonstram e doam, através de palavras ou presentes. Essas vibrações precisam ser irradiadas em forma de equilíbrio e estabilidade emocional. Um casal, que vive em desentendimento e discussões, produz vibrações tão negativas dentro do lar, que nem todos os agrados e carinhos, que cada um proporcione a seus filhos, podem apagar. Essas más vibrações são como densa e escura fumaça que sufoca.

– O senhor acha, então, que com os nossos problemas e desavenças conjugais estamos prejudicando o menino?

– Não tenho a menor dúvida. Procurem dialogar entre si e entender a importância do casamento. Deus não aproxima o homem e a mulher por mero capricho, mas sim, com um fim específico. E a mais sublime finalidade do casamento são os filhos que dele advém. A responsabilidade é muito grande e devemos passar por cima de desentendimentos que, na maioria dos casos, nada mais são que egoísmo de nossa parte. Deus une o homem e a mulher para procriar e educar aqueles que são os frutos do sentimento mais nobre que existe, que é o amor. Vocês acham que ele parece, agora, estar com algum problema?

Os pais olham para o menino, que sorri para eles. A mãe levanta-se e o abraça.

– Deus lhe pague – agradece o pai. – Acredito no que o senhor diz.

– Deus lhe pague por suas palavras – agradece também a mãe.

– Vão com Deus. – deseja-lhes Afonso, enquanto o casal sai da casa.

– Estou impressionada com suas explicações. – exclama Clotilde.

– Um dos maiores problemas da atualidade, Clotilde, é o desentendimento entre cônjuges, principalmente quando, como no caso desses dois, casam-se muito jovens ainda, sem nenhuma experiência da vida.

– Seu Afonso, por que, quando o casal disse que ouvira falar que o senhor "benzia", não explicou melhor a eles o que realmente faz? Passe é como vocês chamam, não é?

– Sim, minha filha. Na verdade, isso é uma mera questão de nomenclatura. Existe, por esse mundo afora, muitas pessoas que têm mediunidade e que aplicam passes, sem o saber. Chamam a isso de "benzimentos". Esses médiuns chegam a utilizar-se de diversos materiais, quais sejam, velas, pedras, colares, cruzes, *et cetera*. Todos esses materiais não são necessários para que se doe amor, em forma de energia, mas essas pessoas, puras e ingênuas que são, assim o acreditam. Elas se apegam a esses elementos e, psicologicamente, nada fariam sem eles. Sem esses materiais, não teriam a fé necessária. Talvez, esse casal já tenha tido alguma experiência com os chamados "benzimentos" e, se eu dissesse que não uso tal nomenclatura, pode ser que não levassem a sério minhas palavras. Veja, então, que o nome que se dá a um trabalho para o Bem não interessa e, sim, o que ele encerra.

– Vocês são muito bons...

– Clotilde, você gostaria de participar, hoje à noite, de um trabalho de assistência espiritual que realizamos semanalmente? Tenho certeza de que, participando desses trabalhos, você terá chances de se encontrar novamente.

– O senhor acredita que meu caso seja de ordem espiritual?

– Acredito, Clotilde. Tenho quase que certeza.

– Gostaria muitíssimo de participar, seu Afonso.

– Então, estamos combinados. Aguardo-a hoje à noite, lá pelas sete horas, no barracão.

***

Clotilde espanta-se com o grande número de automóveis estacionados ao lado do barracão. Entra em seu interior e percebe que está literalmente tomado, não só pelos moradores do bairro, como também por outras pessoas que presume serem da cidade. Afonso convida-a a sentar-se em um dos bancos e dirige-se lentamente até a frente do auditório, postando-se defronte da grande mesa. Fica alguns instantes em silêncio, com a cabeça baixa e olhos fechados. Alguém toca o ombro de Clotilde e senta-se ao seu lado. É Tereza.

– Boa noite, Clotilde.

– Boa noite, Tereza. Tudo bem?

Tereza limita-se a sorrir e lhe endereça uma piscadela com o olho direito, como a lhe indicar que tudo está em ordem e que a hora é de silêncio.

Nesse momento, Afonso ergue o olhar até os presentes e começa a falar:

– Boa noite, meus irmãos. Que Deus nos abençoe a todos em mais este nosso humilde trabalho de assistência. Vou ser bastante rápido nesta minha preleção, pois que, pelo número de pessoas aqui presentes, antevejo bastante trabalho. Percebo, também, muitas que aqui estão pela primeira vez.

Afonso fica em silêncio durante alguns segundos e recomeça:

– Meus irmãos, o que aqui fazemos, nestas noites, como a maioria já sabe, nada mais é do que uma transmissão de energia que denominamos "passe". Essas energias, essas vibrações, que alguns médiuns dotados de vidência visualizam como verdadeira chuva de luzes, são emanações que Espíritos Superiores, bondosos e pacienciosos, nos transmitem, por intermédio daqueles que ministram o "passe". É preciso dizer também, que esses médiuns nada têm de especial; apenas servem de instrumentos nas mãos caridosas dessas entidades elevadas. É evidente que possuem grande vontade de servir e muita fé.

Faz uma pequena pausa, perscrutando o ambiente e continua:

– E essas energias visam reequilibrar as correntes vitais de nosso organismo já que, grande parte de nossas aflições e sofrimentos são originadas pelo desequilíbrio dessas correntes. Agora, é muito importante que tenhamos fé. Muita fé. Não apenas a férrea vontade de conseguirmos algo. A fé verdadeira é a certeza de que é pedindo que se recebe e de que, se aquilo que recebemos não nos parece, à primeira vista, aquilo que pedimos, é porque o que nos é dado é o melhor para nossa elevação, pois Deus somente quer o melhor para nós. O Alto nada faz para nos prejudicar, pois como sabemos, o Senhor muito nos ama e Seu amor é infinito. Não devemos, nunca, nos revoltar com as vicissitudes da vida. Devemos, é claro, lutar para vencê-las e melhorar nossa vida. Não queremos, aqui, pregar a passividade nos momentos ruins de nossa existência; temos, sim, de lutar contra eles e tentar melhorar nossas condições. Mas é muito importante ter fé e confiar em Deus. Por isso, meus irmãos, não pensem que sairemos daqui completamente curados de nossos males. Sairemos, sim, depois dessa verdadeira chuva de bênçãos, mais dispostos e com mais coragem para enfrentar e vencer nossos problemas que são e foram, em sua grande maioria, causados por nós mesmos, no presente ou no pretérito. E, para isso, precisamos seguir os ensinamentos de Cristo e viver uma vida com retidão moral, amor ao próximo e com total confiança no Senhor. E, para exemplificar, vamos imaginar uma pequena história, fictícia, é claro.

Fica alguns segundos em silêncio, como que a pensar sobre o que vai dizer e recomeça:

– Certa feita, um doente procurou seu médico por causa de fortes dores abdominais. O facultativo, depois de efetuar variados exames e conversar longamente com o paciente, diagnosticou o mal que o afligia, revelando-lhe que suas dores eram provocadas por uma alimentação danosa, constituída de alimentos demasiadamente gordurosos e fortes. Revelou-lhe que o único remédio eficaz seria um regime alimentar e que, com o passar do tempo, iria se sentir bem melhor. Receitou-lhe também algumas injeções analgésicas para lhe aliviar, de imediato, as dores e lhe dar ânimo para o regime. Explicou-lhe ainda o médico que, se ele não tomasse as injeções, aguentasse as dores e fizesse o regime, conseguiria curar-se, pois suportaria as consequências e eliminaria as causas. Porém, se o paciente somente tomasse as injeções e não fizesse o regime, com o passar do tempo, esses analgésicos não lhe fariam mais efeito e, então, não tendo eliminado as causas e não tendo mais controle sobre as consequências, voltaria a sofrer, ainda mais, com a doença.

Afonso faz uma pausa e retoma as palavras:

– Com essa pequena história, como já disse, fictícia, podemos comparar, logicamente, de uma maneira grosseira, as injeções com os "passes" que aqui são ministrados. Estes nos reequilibram as correntes vitais e o nosso pensamento, dando-nos como que uma injeção de ânimo e coragem para seguirmos o regime da vida. E que regime seria esse? Esse regime chama-se Evangelho. Seguindo sempre esse regime que são os ensinamentos de Cristo, estaremos libertos de todos os nossos aparentes problemas e nos vacinaremos de todas as tribulações da vida. O "passe", então, é importante e eficaz, na medida em que nos propusermos a nos modificar interiormente, nos caminhos de Jesus, nosso Mestre.

Faz mais uma pausa para que todos os presentes meditem sobre o que disse e recomeça:

– E, então, meus irmãos, procuremos elevar os nossos pensamentos ao Alto, pedir a Jesus que nos abençoe em mais esta noite de trabalho e agradecer a todos esses nossos amigos espirituais que já se fazem presentes, pacienciosos, tolerantes e bondosos, sempre prontos a nos auxiliar quando recorremos a eles.

E, depois de recitar, com bastante ardor, a oração ensinada por Cristo, Afonso dá por iniciados os trabalhos da noite.

Uma fila se forma defronte à porta de um cômodo contíguo àquele e as pessoas, sempre em número de oito, entram na pequena sala, onde, depois de permanecerem lá dentro por alguns minutos, saem para dar lugar a mais oito. Clotilde percebe que a pequena sala encontra-se em penumbra e a porta é fechada cada vez que há o revezamento. Todos saem de lá de dentro portando copinhos com água, que bebem, ao saírem.

Clotilde entra na fila e, chegada sua vez, é convidada, já dentro do pequeno cômodo, por um senhor de idade, a ocupar uma das cadeiras. Polida e fraternalmente, o homem dirige-se a ela, segredando-lhe:

– Minha filha, concentre seu pensamento em Jesus, pedindo-lhe bênçãos e proteção.

Clotilde tenta, então, formar um quadro mental da figura de Cristo, lembrando-se de velha pintura emoldurada que havia em sua casa, quando menina. Com os olhos ainda abertos, percebe que o homem ergue os braços e a cabeça em direção ao alto, como se esperasse receber algo de cima. Em seguida, parece lançar sobre ela, o que, invisivelmente, teria apanhado do espaço, passando, então, a lhe percorrer o corpo, com as mãos a poucos centímetros de distância, da mesma maneira como seu Afonso havia feito com o menino, em sua casa. Já, com a primeira imposição das mãos, sente uma onda de calor percorrer o seu corpo, de maneira agradável e suave. Sentindo uma grande paz, não consegue manter os olhos abertos e os cerra, conseguindo mentalizar Jesus com mais intensidade. Percebe que o homem continua com os movimentos, pois ouve um som quase imperceptível com o qual consegue imaginar que local de seu corpo está sendo percorrido, à distância. Alguns segundos depois, notando que o movimento parara, abre seus olhos e vê que o médium segura um pequeno copo d'água na mão esquerda, enquanto que a direita, espalmada, parece estar transmitindo alguma força ou substância invisível para a água. Ofertando-lhe o copo, Clotilde bebe seu conteúdo e retira-se do recinto, com uma grande e inexplicável paz no coração. As pontas de seus dedos formigam quando deixa o barracão e encontra Afonso, que a espera.

– Como é, Clotilde? O que achou da experiência?

– Sinceramente, nunca me senti tão bem em toda a minha vida.

– Fico feliz por isso.

Nesse momento, chega Armando.

– E Maria, Armando? Como está? – pergunta, prontamente Afonso assim que vê o filho.

– Infelizmente terá de ser operada. Não é nada de grave, mas a operação é indispensável.

– E, quando será isso?

– Amanhã mesmo, pai. Já a internei no hospital da cidade. Precisamos, agora, encontrar alguém para ficar lá, com ela.

– Por quantos dias?

– O médico recomendou que ela fique internada por três dias.

Afonso fica pensativo por alguns instantes, até que se volta para Clotilde.

– Clotilde...

– Sim...

– Você não poderia fazer essa caridade de ficar com Maria, no hospital, até que ela tenha alta?

– Certamente que sim, seu Afonso.

– Será apenas por três dias e você dormirá com ela no próprio quarto do hospital e se alimentará lá mesmo.

– Poderia até levar algumas costuras para fazer lá. – complementa Clotilde. – Vocês podem ficar tranquilos que olharei por Maria.

– Está combinado, então. Vá se preparar. – Armando a levará agora à noite, mesmo. E, não se preocupe. Todos os dias iremos visitá-las.

Clotilde vai para casa se preparar, bastante feliz em poder fazer alguma coisa por aqueles que tão bem a estão tratando e acolhendo.

A CHEGADA

FINALMENTE, O ÔNIBUS ESTACIONA NO CENTRO DA pequena cidade e todos descem. Atílio pergunta as horas ao amigo e este lhe informa serem três da tarde.

– O senhor poderia explicar-me como chegar ao Bairro dos Estranhos?

– É uma boa caminhada e acredito que o senhor levará, por causa da criança, cerca de uma hora para chegar até lá.

– Não tem importância. Estou acostumado a andar.

– Pois bem, vá por esta rua até o fim e vire à direita. Na primeira esquina, desça à esquerda e encontrará uma estrada de terra. É só segui-la. Atravessará uma linha férrea e passará defronte de um cemitério. Mais à frente, encontrará a entrada do bairro. Não tem onde errar. É só seguir a estrada.

– Muito obrigado, meu senhor, e Deus lhe pague pelo bolo.

– Não há por que agradecer, meu amigo. E, boa sorte.

– Obrigado.

Dizendo isso, Atílio põe-se a caminho, de mãos dadas com a menina.

Já estão caminhando há cerca de uma hora, quando Atílio, com Lucinha ao colo, atravessam a linha de trem e passam defronte do pequeno cemitério. Algumas pessoas estão saindo de lá e entrando em seus carros. Pelas expressões fisionômicas, tudo indica que foram depositar, ali, restos mortais de algum parente. Para que não tenha dúvidas quanto ao caminho, Atílio pergunta a uma senhora como fazer para encontrar o Bairro dos Estranhos.

– O senhor vai andar mais um pouco e, então, verá uma estradinha, à direita, que atravessa uma pequena mata. Depois de uns duzentos metros, estará no bairro.

– Muito obrigado.

– O senhor tem coragem de ir lá? – pergunta uma outra senhora.

– Por quê?

– Deus me livre! – responde, entrando no carro.

Atílio espera que os carros partam e continua a caminhada, um pouco apreensivo, agora. Apesar de seu companheiro de viagem ter-lhe dito que os moradores do bairro são pessoas voltadas para o bem, começa a sentir um certo receio, pois sempre temeu, um pouco, essa história de Espiritismo. Mas sabe também que já se envolveu bastante com isso, principalmente no episódio em que Lucinha se perdera. Teria sido mesmo Eneida, quem auxiliara aquele jovem a encontrá-la? E quanto a Sebastião? Presumia que ele não seria um simples mortal. Outras dúvidas também o assaltam. Quantas pessoas já se encontraram em situação como a dele, sem que fossem socorridas, talvez, por forças sobrenaturais? Por que ele, Atílio, teria sido tão auxiliado? Que religião estranha seria essa que se comunicava com Espíritos? Que bruxarias fariam tais pessoas, moradoras do bairro?

Caminhando, seus pensamentos se embaralham e continua a jornada, apenas porque não vê outra solução para ele e a menina e, também, porque, apesar de tudo, confia muito em Sebastião.

Finalmente, encontra o desvio da estrada que corta uma pequena mata e segue em frente, passando por uma variante que desce, de maneira íngreme, à sua direita. Mais uns cem metros, e chega ao bairro, impressionando-se com o número de casas dispostas em semicírculo e com aquele barracão ao centro. Lucinha, por sua vez, fica encantada com o jardim cheio de flores. De onde está, olha para trás, por onde havia chegado e, por uma pequena brecha entre as árvores, avista uma grande horta, percebendo vultos de muitas pessoas trabalhando. Para ir-se até lá, deduz que teria que pegar aquele caminho que havia no meio da mata que atravessara.

— É aqui que vamos morar, papai?

— Acho que sim, filhinha. Você gosta do lugar?

— Tem um jardim muito bonito.

Não se vê ninguém nas ruas, ouvindo-se, apenas, algumas vozes femininas e infantis, vindas dos quintais das casas, o que o faz supor que os homens estejam trabalhando, nesse momento. Volve novamente o olhar para o barracão, tentando imaginar o que haveria lá dentro, pois a porta está fechada.

— O senhor deseja algo ou procura alguém?

Atílio vira-se assustado e dá de cara com um

homem de, aproximadamente, trinta e poucos anos, expressão serena e um sorriso nos lábios.

– Estou procurando um homem chamado Afonso.

– Sim...

– Sou da capital, sabe, e um velho, de barbas brancas, chamado Sebastião, pediu-me que procurasse seu Afonso para que ele me auxiliasse.

– Sebastião? Não conheço ninguém com esse nome.

– O senhor tem certeza? Eu e minha filhinha estávamos passando por sérias dificuldades, inclusive fome, e esse senhor, chamado Sebastião, nos auxiliou muito e aconselhou-me a vir para cá, afirmando que poderia arrumar serviço neste bairro. Comprou as nossas passagens e disse que poderíamos ficar morando na casa dele.

– Na casa dele...? Espere um pouco... Oh, meu Deus!

– O que foi?

– Venha comigo. Vamos falar com meu pai.

– Seu pai?

– Sim. Afonso é meu pai.

Seguem, então, em direção a uma casa igual às demais, pois todas são bastante parecidas. Lá dentro, tudo é muito simples e muito pobre, porém, Atílio percebe a limpeza e o asseio dos poucos móveis que ali se encontram. Convidado, senta-se em uma cadeira que o rapaz lhe oferece.

– Como é o seu nome?

– Atílio do Carmo.

– Muito prazer. Meu nome é Armando. Fique à vontade, que vou chamar papai.

Dizendo isso, sai da pequena sala, atravessa uma cortina colorida, confeccionada com tiras de plástico, que separa parcialmente o cômodo contíguo, o qual Atílio imagina ser a cozinha, por causa de um velho guarda--comidas que dá para ver, e pelo barulho de panelas e do crepitar do fogo de um fogão a lenha.

Logo a seguir, depois de duas crianças virem dar uma espiada na estranha visita, Armando volta à sala, acompanhado de um velho bastante simpático, de cabelos, barba e bigode grisalhos. Era, na verdade, bastante parecido com Sebastião, porém, um pouco mais baixo.

– Boa tarde, senhor.

Atílio levanta-se para cumprimentá-lo e o velho o faz sentar-se.

– Meu nome é Afonso.

– O meu é Atílio... Atílio do Carmo. O senhor é o chefe do bairro? – pergunta-lhe, timidamente.

– É mais ou menos isso. – responde-lhe o velho, com um sorriso. – Administrador, seria o nome correto. Talvez o senhor não saiba, mas neste bairro, vivemos num tipo de sociedade mais ou menos tribal, se me permite a comparação e temos, por norma, seguir ou pelo menos apreciar, com todo o respeito, os conselhos da pessoa mais velha, dentre nós. Atualmente, eu sou aquele que, juntamente com outros, também idosos, administra o lugar. Armando contou-me que foi Sebastião quem os enviou a nós.

– Sim...

– Quero que saiba que faremos todo o possível para auxiliá-lo e à sua filhinha, mas espero que entenda que terá que nos contar como foi que conheceu Sebastião.

– Conto sim. – responde Atílio, já mais aliviado com a possibilidade de, ali, resolver os seus problemas.

E, detalhadamente, conta, praticamente, toda a sua vida, desde que se casara, os estudos que fizera, sem poder aproveitá-los, a morte da esposa e da cunhada, a perda do emprego e os episódios em que Eneida aparecera ao jovem e de Sebastião, incluindo o que se passara na igreja e no banco da praça.

– Muito bem, seu Atílio. Nós vamos ajudá-lo. O senhor e sua filha serão acomodados na casa de Sebastião e trabalhará conosco, na horta. Porém, devo preveni-lo de que caberá ao senhor a sua permanência aqui. Neste bairro, todos se respeitam, de maneira cristã e fraterna, ajudando-se mutuamente.

– Eu compreendo e farei todo o possível para não decepcioná-los. Tenho certeza de que aprenderei logo o serviço.

– Acredito no senhor. Por hoje, permanecerá conosco até que algumas mulheres arrumem, da melhor maneira possível, a casa de Sebastião, que há muito tempo não é habitada. Amanhã, de manhã, conhecerá o serviço e à noite poderá mudar-se para sua nova moradia. Enquanto trabalhar, sua filhinha poderá ficar em minha casa e minha esposa e minha nora tomarão conta dela. Quanto às refeições, podem tomá-las aqui, também. Agora, devem tomar um bom banho. Arranjarei algumas roupas para vocês.

– Deus lhe pague, meu senhor. – diz Atílio, entre lágrimas de emoção. – Que felicidade estou sentindo!

E, abraçando a filha, exclama:

– Filhinha querida, já temos um lar para morar...

– Atílio, – diz Afonso, docemente. – esta é a primeira lição que aprende com este nosso povo: o de auxiliar sempre os necessitados.

Atílio fica olhando para o velho e para o jovem, meneando a cabeça, em sinal de reconhecimento. Passados alguns segundos, nos quais consegue controlar a emoção, pronuncia-se:

– Seu Afonso, se me permite... gostaria de fazer–lhe uma pergunta...

– Pois faça-a, Atílio.

– O senhor crê que tenha sido minha cunhada quem apareceu ao jovem, para ajudar–nos?

– Talvez... acredito que sim...

– E Sebastião? Quem é Sebastião? Armando me disse não conhecer ninguém com esse nome... Por outro lado, ele disse ao senhor que foi Sebastião quem me enviou para cá...

– Ele conhece, sim. Apenas não se lembrou.

– E quem é ele?

– Atílio, existem certas coisas neste bairro, mais conhecido pelas pessoas da cidade como Bairro dos Estranhos, que, infelizmente, não podemos comentar abertamente, porque não iriam entender e nem aceitar. Nem mesmo o senhor.

– Como assim?

– Você pertence ou segue alguma crença religiosa?

– Na verdade, não. Cumpro algumas obrigações aprendidas em religiões diversas que tentei seguir, mas devo confessar que ainda estou procurando uma verdade sobre a vida e a morte. Apenas nunca soube por onde começar.

– Infelizmente, não posso explicar-lhe quase nada a respeito de Sebastião, com apenas meia dúzia de palavras, mas se o senhor estiver realmente interessado em conhecê-lo e descobrir também nossa maneira de ver a vida e encarar a morte, poderemos ajudá-lo.

– Gostaria muitíssimo. Mas, por favor, não poderiam dizer-me, ao menos, se Sebastião é real ou não passou de uma visão para mim?

Afonso sorri diante da insistência de Atílio.

– Com o passar do tempo, saberá a verdade a respeito desse homem. Por enquanto, procure cultivar uma das virtudes essenciais ao desenvolvimento do ser humano que é a paciência. Não se precipite. Aprenderá muita coisa ainda.

Dizendo isso, Afonso leva-os para conhecer a esposa, a nora e as crianças, filhas de Armando. A seguir, convida Atílio a tomar um banho e a banhar a menina, dando-lhes roupas limpas. Naquela noite, depois do jantar, são acomodados na pequena sala da casa e Atílio e Lucinha adormecem cedo e profundamente, por causa do enorme cansaço que sentem. O bairro não possui energia elétrica e, do lado de fora de cada casa, um lampião é aceso para iluminá-las por fora.

Na manhã seguinte, Atílio é levado a conhecer a lavoura, onde lhe é explicado o serviço que terá de fazer a partir do dia seguinte, pois pretendem que, naquela mesma tarde, já procure adaptar-se à sua nova moradia. Lucinha está numa alegria que emociona o coração de Atílio, brincando com as crianças da casa de Afonso. À tardezinha, reúne-se a outras, no jardim do bairro.

A casa que Atílio e a filha habitariam já está limpa e mobiliada apenas com móveis essenciais: duas camas no único quarto, mesa e cadeiras na sala e na cozinha, onde há também um fogão a lenha, feito de alvenaria. O banheiro situa-se do lado de fora, num coberto adjacente.

Tudo aquilo – pensa Atílio – serve-lhe como uma grande lição, pois quanto não desejara um lar melhor do que aquele que habitara, quando Rosalina era viva. E agora, depois de passar por tantas privações, aquela pobre casa, é, para ele, um verdadeiro palácio que lhe dá paz e tranquilidade.

À noite, após jantar com Afonso, este o acompanha de volta à sua casa. Depois de acomodarem Lucinha para dormir, os dois saem para poderem conversar um pouco. Luzes tênues teimam em escapar, bruxuleantes, pelas janelas das casas. Recorda-se, então, Atílio, de sua infância passada em uma fazenda, onde seus pais eram pobres lavradores e uma sensação de muita calma e paz lhe invade o ser.

– Seu Afonso, – rompe o silêncio – gostaria de aprender alguma coisa a respeito da religião que vocês professam.

Seu Afonso, depois de pesar as palavras que irá proferir, responde-lhe com uma pergunta:

– Atílio, diga-me um coisa: você acredita realmente em Deus?

– Acredito, sim, apesar de não conseguir imaginá-lo.

– Pois bem, até hoje, nenhuma religião, nenhum filósofo ou pensador e nem a nossa religião conseguiram encontrar uma definição para Deus – explica Afonso. – Cremos n'Ele porque acreditamos em uma força superior e, observando as coisas que nos rodeiam, a natureza, o próprio homem e os fatos e acontecimentos, chegamos, como todo mundo, à conclusão de que essa força superior que chamamos Deus, existe e é toda bondade e amor.

– Também concordo com isso.

– Então, se acreditamos em um Deus amoroso, bondoso e vemos no nosso dia a dia as diferenças sociais, materiais e de saúde que existem por aí, podemos, sem sombra de dúvida, acreditar que a vida não pode terminar com a morte do corpo material. Deus seria injusto se, aleatoriamente, fizesse com que uns nascessem em berços de ouro, com todas as regalias e outros nascessem com problemas de toda sorte, materiais, de saúde, e tantos mais. Como explicar os aleijados de nascimento? Como explicar países com melhores condições de vida e outros, onde a miséria, a fome e a doença imperam? Por que eu nasci aqui e ele, lá?

– E, como entender isso?

– Gostaria que você mesmo raciocinasse a respeito e tirasse suas próprias conclusões. Aliás, essa é a base do ensinamento, aqui. Nada é imposto. O interessado tem toda a liberdade de perguntar e raciocinar por si próprio. Se, um dia, ele chegar a abraçar o nosso caminho e trabalho, será por total convicção de sua parte. Porém, deve estar sempre ciente de que é um eterno aprendiz nesta escola de Deus, que se chama Universo. Vou lhe dar algumas diretrizes para que possa começar a entender as desigualdades de condições entre os homens.

– E que diretrizes são essas?

– Você encontrará uma grande fonte de estudo e reflexão, imaginando uma escola e um pai de família, com muitos filhos, sendo que esse pai é justo, bom e enérgico, no bom sentido de educar.

– Uma escola e um pai de família, justo, bom e enérgico...

– Sim. Agora, quanto ao pai de família, eu me refiro a "enérgico com amor"; "enérgico", visando o aprendizado, a educação e o bem-estar de seus filhos.

– Eu vou raciocinar sobre isso.

– Não tenha pressa em tirar conclusões. Pense bastante no assunto e, pode ter certeza de que, com a boa intenção de seu raciocínio, a verdade desabrochará límpida e facilmente. Agora vou descansar e aconselho você a fazer o mesmo, pois amanhã começará seu trabalho na lavoura. De manhã, José virá acordá-lo. Vá com sua filha até minha casa, onde se alimentarão. Enquanto estiver no serviço, a menina ficará conosco.

– Mais uma vez, Deus lhe pague e a todos deste bairro, por nos acolherem.

– Tenho certeza de que seremos todos recompensados, um dia. Boa noite, Atílio.

– Boa noite.

Atílio entra em casa e vai diretamente para o quarto onde, pela tênue luminosidade que entra pela janela, oriunda do lampião externo, admira a querida Lucinha que dorme tranquilamente. Ajoelha-se ao lado da cama da filha e faz sentida prece de agradecimento por todas as dádivas recebidas, não se esquecendo de incluir na sua mensagem a Jesus, um pensamento de amor e gratidão a Rosalina, Eneida e Sebastião. A seguir, deita-se e dorme rápida e profundamente.

***

Na manhã seguinte é acordado por José, que o

chama através das frestas da janela. Levanta-se rapidamente e, acordando a menina, dirigem-se à casa de Afonso. No caminho, encontra José que, sentado no alpendre da casa, diz que vai esperá-lo tomar a refeição para depois seguirem para o trabalho.

Na casa de Afonso, a mesa está posta e tomam café com leite e pão torrado.

– Atílio, devo explicar-lhe alguma coisa antes que comece a trabalhar.

– Pois não.

– Aqui no bairro, além de hortaliças, plantamos também, arroz, feijão, batata e outros produtos que nos alimentam. Além disso, possuímos algumas cabeças de gado que nos dão o leite. Na verdade, pouco temos que comprar. Você trabalhará, juntamente com José, na manutenção e limpeza dos currais e em outros serviços que forem surgindo oportunamente, pois a ociosidade não existe entre nós. Como você é viúvo, tomará todas as refeições em minha casa e Lucinha ficará o dia todo sob os cuidados de minha esposa e de minha nora.

– Nem sei como agradecer...

– Não se preocupe com isso. Devo dizer-lhe também, que receberá um pequeno salário para que possa comprar roupas e quaisquer outras coisas que desejar. Com o passar do tempo, poderá vir a ganhar mais, desde que se esforce para isso. Em nosso sistema, sabemos gratificar os mais esforçados. Devo preveni-lo, no entanto, de que aqui, a inveja, o ciúme e o melindre não devem encontrar guarida no coração dos moradores do bairro.

– Compreendo...

– Seja humilde e simples. Somente assim, encontrará a verdadeira felicidade.

– Mais uma vez, Deus lhe pague.

– Agora, vá para o trabalho e que Jesus o acompanhe.

Atílio segue José. Atravessam metade da mata e caminham por uma variante em declive. De onde está, pode avistar os homens que já começam a capinar extensa área onde estão plantadas verduras de várias espécies. Mais à frente, já no terreno plano, avista grande plantação de tomates. Caminham mais um bom pedaço de chão e viram à esquerda onde, depois de algumas árvores bastante copadas, existe um pasto e um curral feito de enormes troncos de madeira. As vacas, naquele momento, já estão pastando sob o sol e José lhe dirige, então, a palavra, explicando o trabalho a fazer.

– Neste horário, a turma dos ordenhadores já terminou suas tarefas e resta-nos limpar o curral e transportar os restos fecais dos animais para aquele outro local. Esse esterco é aproveitado, em determinada época do ano, para enriquecer a terra.

Dizendo isso, entrega a Atílio as ferramentas e explica-lhe como manejá-las.

Nunca, em toda sua vida, Atílio trabalhou com tanto empenho e entusiasmo, visto que aprendeu a valorizar, ainda mais, o trabalho, pois viveu na própria carne o que é ser um desempregado. Quase não percebe o tempo passar e está totalmente molhado de suor quando José o chama para o almoço. Chegando na casa de Afonso, grande alegria e emoção o acometem ao ver Lucinha com a felicidade estampada no rosto, brincando com velha boneca e com as crianças, filhas de Armando. A menina, quando o vê, lhe sorri e pergunta:

– Vamos ficar sempre morando aqui, papai?

– Se você quiser... – experimenta Atílio.

– Nunca mais quero ir embora, a não ser quando for para nos encontrarmos com mamãe.

– Um dia, iremos nos encontrar com ela...

Lucinha apenas sorri.

Durante o almoço, Atílio pergunta a Afonso sobre Armando e este lhe explica que o filho e mais outros dois homens são os encarregados do transporte das verduras até determinado local, na cidade, onde conduções de municípios da região vêm buscar os produtos. Atílio tem muitas indagações a fazer com referência à vida do bairro, mas resolve esperar que as oportunidades de elucidação apareçam naturalmente, pois teme ser inoportuno com perguntas e mais perguntas.

Terminado o almoço, volta ao trabalho, que se prolonga até as dezessete horas e trinta minutos. Está com o corpo exausto, mas com o coração leve, pois todas as suas preocupações já não existem mais.

Chegando ao bairro, vai direto para sua casa, onde toma banho e troca de roupas. A seguir, dirige-se à casa de Afonso, para rever Lucinha.

– Papai! – grita a menina quando o vê e corre ao seu encontro. Atílio a abraça.

– Como você está cheirosa, filha!

– Tia Tereza deu um banho em mim. Ela é muito boazinha, papai.

– Você brincou bastante?

– Brinquei. A Elza tem uma boneca e um fogãozinho e a Rita tem uma bola.

– As crianças estão se dando muito bem, Atílio –

diz Afonso que, saindo da casa, vem ao seu encontro. – E quanto ao seu trabalho? Está gostando?

– Estou muito feliz e agradecido.

***

Depois de jantar, Atílio, Afonso e Armando sentam-se do lado de fora da casa e ficam conversando, enquanto as crianças brincam mais um pouco no jardim do bairro. Nesse momento, chega José que vem dar ciência a Afonso sobre providências que terá que tomar quanto ao serviço a ser realizado no dia seguinte. Estão conversando, quando chegam dois meninos, filhos de José, um de sete anos e outro de seis.

– Papai, – diz o maior – trouxe o boletim de notas da escola.

– Deixe-me ver.

José examina atentamente as notas do filho e mansamente o admoesta:

– Paulinho, suas notas, este mês, não estão muito boas.

O menino abaixa os olhos, envergonhado.

– Precisa esforçar-se e estudar mais.

– Sim, papai.

O outro pequeno encosta-se ao pai e exclama:

– Eu vou estudar bastante quando for à escola.

– Isso mesmo, Tico. – aprova José e, olhando para o outro filho, continua. – O Paulinho também estuda bastante. Apenas tem que se esforçar um pouquinho mais.

– Vou aprender a ler e escrever? – pergunta Tico.

– Vai...

– A professora é boazinha?

– É, não é, Paulinho?

– É sim.

– O que é nota, pai?

– A nota é um número que significa o quanto o aluno aprendeu.

– Não entendo...

Os homens sorriem quanto à ingenuidade do pequeno, mas José continua, pacientemente:

– Na escola, você vai aprender a ler e a escrever, mas tem que mostrar para a professora que realmente aprendeu tudo, direitinho. Então, você ganhará, todo mês, um número que significa o quanto aprendeu. No fim do ano, se tiver aprendido bem, será aprovado e começará a aprender coisas novas no ano seguinte. Se não aprendeu tudo o que tinha que aprender, então, terá que tornar a estudar tudo de novo.

– Tudo de novo?

– Tudo de novo.

– Que chato!

Todos riem.

– Vou estudar bastante, viu, pai? – promete Paulinho.

– Tenho certeza disso. Agora, vão brincar.

Afonso dirige significativo olhar para Atílio, como a lembrar-lhe do tema proposto na noite anterior.

– José – pergunta Atílio –, que relação você vê entre a escola e a vida?

144

José olha para Afonso e este o anima a responder:

– Dê sua opinião, José.

– Bem, Atílio, gostaria que o raciocínio fosse seu. Por que você me faz essa pergunta?

– É algo que ando matutando. A gente ouve falar muito que a vida é uma escola... que estamos sempre aprendendo nesta "escola da vida"... aliás, uma expressão muito usada.

– De fato, há muita verdade nisso. – responde José que, depois de meditar um pouco, recomeça. – Agora, vamos raciocinar um pouco. Se a vida é um curso, que duração você acha que ele tem?

– Bem... talvez, a vida toda.

– Mas e se não conseguirmos aprender?

– Aí depende...

– Depende de quê?

– Do que teríamos que aprender, acho...

– Digamos que a vida fosse uma escola do ponto de vista religioso, onde teríamos que aprender a ser bons e caritativos para com o próximo e que fôssemos reprovados no fim do período letivo que, nada mais seria que a própria morte.

– De acordo com as religiões que procurei conhecer, se tirarmos uma nota baixa e formos reprovados, seremos punidos ou... talvez... enviados para algum lugar para aprendermos o que aqui não conseguimos.

– Muito bem, – continua José, entusiasmado com o rumo da conversa. – mas se Deus nos envia para este mundo para aprendermos nesta escola da vida...

– Deus nos envia pra cá?

– Partindo do princípio de que Deus existe, aqui nascemos por sua vontade.

– Certo, certo. Continue.

– Como estava dizendo e, de acordo com o seu raciocínio, se não tivermos tirado nota suficiente, o que induz a pensar que, depois de mortos, em estado de alma, Espírito ou qualquer outra forma que você imagine, poderíamos aprender, no outro lado da vida, o que aqui não conseguimos? Fosse assim, e seria notório que do lado de lá, a escola é melhor. Agora, se essa escola é melhor, por que Deus nos manda para esta?

– Não sei onde você quer chegar.

– Você já ouviu falar em reencarnação?

– Já, mas não consigo entender como uma alma ou Espírito possa reencarnar em outra pessoa. E a alma dessa outra?

José sorri, complacente, e explica.

– Ninguém reencarna em ninguém, Atílio. O Espírito reencarna e renasce, entre a concepção e o nascimento de uma criança.

– Mas ela não se lembraria de nada.

– Essa é uma dádiva de Deus. Geralmente, nossos erros se relacionam com o próximo e, principalmente, com aqueles que nos são mais afins e é junto deles, novamente, que teremos que reparar nossos males. Agora, imagine você, se nos lembrássemos de nosso passado. Seria muito difícil reajustarmo-nos com nossos desafetos do pretérito. Na verdade, a vida é uma escola, onde percorremos várias reencarnações, sempre em busca do aprimoramento espiritual.

Nesse momento, os lampiões externos das casas já

estão começando a ser acesos, pois o Sol já está quase totalmente descido no horizonte.

– Papai, estou com sono. – reclama Lucinha, vindo ao encontro de Atílio e aconchegando-se ao seu peito.

– Vocês me dão licença, mas minha filha deve estar muito cansada. Brincou o dia todo.

– Vá descansar também, Atílio, – recomenda Afonso – e, não tenha pressa em descobrir as verdades em que acreditamos. Raciocine sobre o que José lhe disse e não receie em perguntar nada. Na verdade, você não precisa, necessariamente, acreditar no que seguimos como verdade religiosa.

Atílio dirige-se, então, à sua casa, põe a filha para dormir e deita-se também. Não dorme de pronto, rememorando o dia de trabalho e a conversa que tivera naquela tarde. Muitas perguntas lhe acometem o pensamento. E com relação ao pai bondoso, justo e enérgico que seu Afonso lhe pedira para meditar? O pai enérgico faz com que os filhos façam as coisas certas, aplicando-lhes um corretivo, quando erram, para que se recoloquem no caminho certo. Fica com esses pensamentos a lhe rodarem no cérebro e acaba por adormecer, tendo um sonho como há muito tempo não havia tido. Um sonho com bastante nitidez, no qual sabe estar dormindo e sonhando. A riqueza de detalhes, os sentimentos que o envolvem, parecem estar, de fato, presentes às cenas que assiste, chegando mesmo a causar-lhe até um grande temor, pois já não sabe mais se está sonhando ou vivendo aquilo.

O SONHO

NESSE SONHO, ATÍLIO, SE VÊ EM UMA RUA DE UMA cidade do interior e percebe, claramente, que os cenários não são da época atual, mas sim de anos atrás. Verifica isso facilmente pelas fachadas das casas, pelo estilo dos poucos automóveis ali estacionados e pela maneira de se vestir das pessoas que transitam pela rua. É noite e faz muito frio. Está parado no meio da rua, mirando as fachadas das construções. À sua esquerda, no meio da quadra, há um bar, de onde pode ouvir o vozerio interno dos homens e mulheres que, embriagados, devem estar tentando se divertir com danças e canções. Ao lado do bar, há pequeno portão e uma escadaria que termina em uma porta com uma pequena janela, no centro, pela qual percebe, através do vidro fosco, luzes no interior. Essa porta chama-lhe intensamente a atenção, parecendo reavivar, em sua memória, algo que não consegue compreender.

De repente, inesperadamente, vê-se no interior daquela construção, avistando a cena que se descortina lá dentro. Um homem e uma mulher, moços ainda, estão sentados em macias e sedosas poltronas de uma sala de estar, ricamente decorada. Atílio sente-se inteiramente dentro da casa e da cena, mas sabe que aqueles personagens não podem vê-lo.

Nesse momento, um homem sai por uma das portas de um corredor, no qual Atílio percebe ter muitas outras portas fechadas, como se fosse um hotel.

– Como é, seu Ricardo, – pergunta a mulher ao homem que entrara na sala – divertiu-se bastante?

– Oh, sim! Leilinha é muito eficiente. Apenas me pareceu estar ficando um pouco gorda. Vocês a estão alimentando demais.

Dizendo isso, dá sonora gargalhada, na qual é acompanhado pelo casal e, tirando enorme carteira do bolso, entrega algumas cédulas à mulher.

– Volte sempre, seu Ricardo. O senhor é sempre bem-vindo e nossas meninas apreciam muito o senhor.

– Voltarei, sim e... boa noite.

– Boa noite e muito obrigada pela preferência.

Assim que o homem sai, a mulher guarda o dinheiro em uma caixa e volta-se para o companheiro:

– Não suporto esse homem, Adolfo.

– Cuidado, Clotilde. Não deixe que ele perceba. É um de nossos grandes fregueses.

– Sim.

A porta interna abre-se novamente e agora deixa passar uma moça muito bonita que aparenta pouca idade, ainda.

– Trabalhou bem, Leilinha. – elogia Adolfo.

A moça abaixa os olhos, procurando disfarçar uma certa preocupação no olhar.

– Venha até aqui e sente-se. Precisamos conversar. – ordena, rispidamente, Adolfo.

Leilinha obedece, parecendo a Atílio bastante nervosa e preocupada, enquanto Adolfo abre a caixa de dinheiro e, tirando de lá uma única cédula, entrega-a à moça.

– Seu pagamento, menina.

– Mas hoje ainda não é o dia de pagamento.

– Para você, é. – responde, duramente, o homem. – Já faz alguns dias que a estou observando e percebo que está grávida.

– Eu...? – procura disfarçar.

– Sim! Você está grávida. Quando aqui chegou, avisamos sobre isso. Os fregueses já estão percebendo. Pegue suas coisas e vá embora. Não queremos ninguém dando à luz, por aqui. Quando estiver em condições novamente, procure-nos.

– Mas seu Adolfo...

– Não discuta, menina. Essa é a regra da casa. Você não é e nem será a primeira. Muitas já foram e algumas voltaram. Pode voltar, um dia e, se ainda estiver apta para o trabalho, nós a contrataremos novamente.

– Mas seu Adolfo... dona Clotilde... eu não tenho para onde ir... não tenho casa, nem parentes...

– Quando você chegou aqui, também não tinha ninguém e não passava de uma andarilha suja e ignorante. Não lhe demos três anos de alegria e bem-estar? Devia nos agradecer, por isso.

– Adolfo... não poderíamos... – começa a falar Clotilde, parecendo, aos olhos de Atílio, com pena da moça.

– Cale-se, mulher! – interrompe o homem. – Desses assuntos, trato eu!

– Meu Deus, será que nesse tempo todo, não sentiram nenhuma amizade por mim, nem um pouquinho de amor?! Não posso acreditar que nada represento para vocês. Por favor, eu lhes imploro... pelo amor de Deus, não façam isso comigo... como vou sobreviver... e a criança...?

– Menina! – grita, rispidamente, Adolfo. – Pare com essas lamúrias! Pegue suas coisas e vá-se embora, já, ou chamo a polícia! Vá embora! Além de tudo, é uma mal-agradecida!

A moça, estarrecida e tremendamente amedrontada com os gritos do homem, sai correndo pela porta da rua e desce as escadas, rapidamente.

– É sempre assim! – resmunga Adolfo.

De repente, toda a cena se transforma e Atílio se vê transportado para outro ambiente, onde o cenário consiste de uma escuridão intensa, onde somente consegue vislumbrar uma tênue neblina, às vezes pardacenta, outras, verde-escura. Sente, em sua volta, um frio úmido e um odor fétido. Não sabendo o que fazer e ciente de que está sonhando, começa a caminhar. De súbito, à sua frente, vê algo que parece ser um homem, porém com feição monstruosa. Essa pessoa está de perfil, ajoelhada e, mesmo tendo a face horrendamente deformada, Atílio pode perceber tratar-se de Adolfo. O homem soluça tétrica e desesperadamente. Atílio quer recuar antes que aquele ser o perceba, mas não consegue sair do lugar. Então, a criatura, num momento maior de desespero, ergue o olhar para cima e, num grito estridente e suplicante, implora:

– Meu Deus!!! Meu Deus!!! Me ajude!!!

E soluça, incessantemente. Suas palavras são entrecortadas por sopros de ar, num misto de desespero e sofrimento.

– Me ajude!!! Conheço a minha condição de pecador! Conheço minhas faltas e o mal que cometi a todas aquelas criaturas, as quais desviei do bom caminho e que, depois, lancei nas amarguras da vida. Ajude-me, meu Deus! Oh! Quanto me arrependo do que fiz com aquelas pobres infelizes. Não consigo livrar-me de seus olhares a me acusar! E, se não bastasse isso, vejo cenas de suas mortes, esfomeadas e no frio das noites! Elas e suas crianças! Senhor! Quanta crueldade pratiquei e quanto arrependimento me dilacera, agora, o coração! Dê-me uma oportunidade de expiar minhas faltas! Nem sei quanto tempo faz que sofro neste frio e nesta escuridão, sem conseguir encontrar um caminho que me liberte. Eu lhe imploro, Senhor! Quero encontrá-las e implorar-lhes o perdão. Quero sentir mais frio e mais fome do que sinto, para poder, talvez, livrar-me desse sentimento de culpa. Apareçam e castiguem-me. Quero sofrer o mesmo que sofreram, mas quero que os verdugos sejam vocês mesmas! Quero pagar com dor maior. Por favor, meu Deus! Permita!!! – soluça, exausto, deixando Atílio com os olhos marejados de lágrimas, sem saber o que fazer. Quer acordar, sair dali, mas não consegue. E a figura, reunindo todas as forças que parecem restar-lhe, ergue novamente o olhar e continua:

– Ajude-me, meu Deus! Dê-me uma oportunidade!

Nesse momento, intensa luz se faz e uma mulher, vestida de branco e com um halo luminoso e resplandecente, surge à frente do infeliz.

– Quem é você?! – pergunta, assustado, o sofredor. – Espere... estou reconhecendo-a... você foi uma daquelas a quem prejudiquei. Onde estão as outras?! Quero que me castiguem até à morte, se é que posso morrer novamente. Quero pagar com meu sangue e minha dor.

– Deus o abençoe, Adolfo.

– Quero pagar todos os males que cometi! Chame as outras!

– Isso não será necessário. Já o perdoei.

– Mas não pode! Não quero que me perdoe, simplesmente. Quero sofrer na carne o que pratiquei.

– Nisso, não posso atendê-lo. Já o perdoei há muito tempo e quero ajudá-lo.

– E as outras?

– Todas já o perdoaram. Porém... uma delas ainda não conheceu a felicidade de perdoar o próximo. Ainda o odeia e esse ódio a está aniquilando e fazendo-a sofrer muito.

– Oh, meu Deus! Como sofro em saber disso.

– O sofrimento é uma dádiva divina que nos abre o coração para os verdadeiros significados das coisas do Alto.

– Mas ela deve sofrer mais do que eu. Afinal, foi uma de minhas vítimas. Não teve chance alguma e ainda alimentei-lhe o ódio.

E Adolfo chora, copiosamente.

– Você tem razão, Adolfo. E, se quiser resgatar o mal que fez...

– Eu quero! Eu quero! Por favor! Diga-me o que fazer! – interrompe, suplicante e desesperado.

– Acalme-se. Você terá essa oportunidade. Felizmente, reconheceu os seus erros e clamou por Deus.

– E o que farei?

– Primeiro, aprenderá muita coisa aqui deste lado. Trabalhará por todas as suas vítimas, orará por elas e, depois, renascerá na Terra, tendo como mãe aquela que, prejudicada por você, não conseguiu ainda perdoá-lo e que sabemos que dificilmente o perdoará aqui deste lado. E esse trabalho é seu, auxiliado por nós outras. Alguns anos se passarão até que consiga encontrá-la e fazer com que a pequenina chama de amor lhe desabroche no coração para que possa, então, ser encaminhada novamente à crosta, onde, depois de casar-se, o receberá como filho, para que aprenda e consiga transformar o ódio que hoje sente por você, em amor. Essa é a bênção da maternidade que Deus nos confere para transformar os sentimentos.

– Mas lá lembrar-me-ei de tudo?

– Não, Adolfo. A lembrança seria totalmente prejudicial.

– Mas de que adianta, então?

– Ainda não é fácil para você entender, mas logo perceberá que tudo o que fazemos e sentimos, levamos, de maneira latente, dentro de nós, para onde formos. Antes, porém, terá de trabalhar e estudar, aqui deste lado e, se conseguir modificar-se plenamente, poderá ter uma reencarnação, não só expiatória, pois que sofrerá na própria carne a infelicidade de ser um "sem lar", mas também poderá cumprir alguma missão bendita de real proveito.

– Que felicidade terei, em poder pagar o mal que cometi...!

– Mas lembre-se sempre, de que, para não sucumbir um dia nas provações por que deverá passar, terá de alimentar grande amor no coração e esse amor somente poderá ser bem alicerçado, com bastante trabalho e abnegação. Agora, vai sentir muito sono. Deixe-se enlevar por esse estado de torpor que está sentindo. Será levado para uma colônia de tratamento e preparação para que, como já lhe disse, com estudo e trabalho, possa ser encaminhado à sua nova caminhada no plano terrestre.

Ao cabo de alguns segundos, Adolfo adormece e, nesse mesmo instante, outras pessoas vestidas igualmente de branco, carregam-no e seguem por entre a neblina esverdeada, afastando-se de Atílio. Quando estão quase desaparecendo, ao longe, na névoa, a última delas, que ajudava na padiola, vira-se para trás e olha para Atílio, seriamente. É Sebastião.

Nesse instante, com um sobressalto, Atílio acorda, sentando-se na cama.

"– Meu Deus! – pensa. – Nunca tive um sonho tão nítido. Será que foi mesmo um sonho ou realmente estive nesse lugar? Não, não pode ser. Aquela cena, na casa de Adolfo, pertence ao passado. Talvez, tudo tenha sido causado pelo meu subconsciente, pois fui dormir pensando nas palavras de José."

Mas para Atílio, tudo estava mais claro agora, e muito mais lógico. Lembra-se, então, de quando conversou com Sebastião a respeito daquela ilustração do Céu e o inferno. Se achava que Deus não poderia castigar, por toda a eternidade, os Seus filhos, naquilo que não conseguia conceber e que era denominado de inferno, nada mais justo que houvesse outra oportunidade, aqui mesmo, na Terra, e junto daqueles a quem devíamos mais. E, sucessivamente, de encarnação em encarnação, aprenderíamos o caminho do Bem e da sublimação. "-Meu Deus! – pensa. – Quantos anos, quantos séculos, quantos milênios seriam necessários para nossa elevação moral e espiritual? Ou seríamos eternos, sempre aprendendo e melhorando cada vez mais?"

Lembrou-se, então, do pai justo, enérgico e, ao mesmo tempo, amoroso. Seria essa a comparação que fizera seu Afonso, usando a escola e o pai de família, como exemplos? Tinha certeza que sim. Pensando novamente e lembrando-se repetidas vezes do sonho, Atílio acaba por adormecer.

***

Na manhã seguinte, levanta-se, acordado novamente por José e, depois de tomar a primeira refeição em casa de Afonso, vai para o trabalho.

À noite, depois de dar a devida atenção à filha, reúne-se com Afonso, na pequena sala da casa deste e lhe relata, detalhadamente, o sonho e as conclusões a que chegara.

Afonso percebe, facilmente, que o sonho de Atílio, pelos nomes que mencionara, tem, sem dúvida alguma, relação com o problema de Clotilde. Mas, apesar de já ter uma ideia formada com respeito ao que estava acontecendo com Clotilde, abstém-se de comentar isso com Atílio, pois este, nem mesmo se encontrara ainda com a moça. Na verdade, nem sabia de sua existência. Preferiu, então, continuar ouvindo o que Atílio tinha a lhe dizer.

– Seu Afonso, esse sonho tem alguma coisa a ver com a religião de vocês? Ou tudo isso foi fruto de minha imaginação, durante o sono?

– Tem, sim, Atílio, e tem muito. Você pode se

considerar um privilegiado. Por isso, aproveite a oportunidade que se lhe é oferecida e, interesse-se pelo assunto.

– Vocês acreditam mesmo na reencarnação?

– Sim. É a base de nossa verdade religiosa.

– Não poderia explicar-me, melhor? Há muitos pontos obscuros em minha mente...

– Na verdade, somente com o passar do tempo, e com muito raciocínio e estudo, conseguirá entender mais profundamente as interações reencarnatórias, mas vou discorrer-lhe sobre algumas premissas para que possa raciocinar a respeito. Partindo do ponto de vista, ou do princípio de que Deus existe, e você acredita nisso, não podemos conceber que a vida termine com o sepulcro, aliás, toda religião acredita e prega a vida eterna. Vamos, então, procurar elaborar uma antítese com respeito ao Céu e ao inferno, porque é bastante lógico que, com a morte física, os bons tenham que ser recompensados e os maus não possam receber essa recompensa e o mais certo é que recebam um castigo, certo?

– Certo. – concorda Atílio.

– Imaginando, então, o Céu como recompensa e o inferno como castigo eterno, podemos enumerar algumas questões: em primeiro lugar, Deus seria, então, injusto com seus filhos, pois veja bem: imaginemos duas pessoas boníssimas, sendo uma, rica de nascimento e sem problemas, e a outra, paupérrima. Pelo fato de serem, as duas, boas, ambas ganhariam, com a morte, as portas do Céu. Porém, a rica, nasceu em berço de ouro e teve uma vida tranquila e feliz, sem nunca passar por dificuldades. A pobre, também ganharia o reino dos Céus, porém, teve uma vida de sacrifícios, onde conheceu a fome, a miséria, filhos doentes, sem dinheiro para os remédios necessários e outras tantas dificuldades. Poderíamos, também, comparar o saudável com o aleijado, o cego que nunca viu o mundo em que viveu, que nunca conheceu o rosto de seus filhos, se os teve, ou mesmo, de seus pais. Enfim, Deus teria sido injusto. Outro fator importante, nessa mesma questão: o rico, talvez, nunca tenha sido tentado ao crime, mas o pobre, quantas tentações deve ter tido e quantos sucumbiram a elas.

– É verdade. – concorda Atílio, maravilhado com as explicações simples, mas sábias.

– Em segundo lugar, você acha que o homem, com o pouco tempo em que vive, neste mundo, pode ter condições para alcançar a graça tão grande de chegar aos Céus, morada de Deus, como pregam outras formas de pensamento religioso que conhecemos?

– Nunca havia pensado nisso.

– Naquele episódio que me contou, a respeito daquela figura que retratava o Céu e o inferno, você já havia chegado a duas verdades bastante inteligentes: a primeira, que ninguém poderia ser totalmente feliz quando tantos outros haviam recebido a infelicidade e o sofrimento eternos; a segunda, que, se os pais terrestres estão sempre prontos a perdoar e dar novas oportunidades a seus filhos, Deus, todo bondade, não poderia punir eternamente os homens, pois correríamos o risco de chegar à conclusão de que esses pais seriam muito mais bondosos do que Ele. E como poderia dar novas oportunidades a seus filhos que erraram? Colocando-os, depois de terem compreendido o erro que cometeram, nas mesmas situações, nos mesmos lugares e com os mesmos envolvidos, para poderem resgatar o mal que cometeram, com o sofrimento que burila a alma, e o amor que descerra as trevas.

– Mas as pessoas aprendem a lição e se modificam, sempre, na segunda encarnação?

– Não, Atílio. Isso, dificilmente e, mesmo, raramente acontece. Somos, ainda, muito imperfeitos e estamos sempre caindo novamente pelas estradas da vida. Mas você pode ter certeza de uma coisa: por mais que caiamos e voltemos, estamos sempre gravando, em nós mesmos, os bons ensinamentos, os bons pensamentos que, aos poucos, e nas sucessivas vidas, vão desabrochando e transformando todo nosso sentimento, até conseguirmos, um dia, passar para outros planos mais superiores.

– Quanto sofrimento temos que passar para podermos nos depurar!

– Sofrimento, esse, bastante relativo. Uma mãe sofre ao parir um filho, porém, depois de findo o parto, quanta felicidade! Se nos colocarmos de fora deste mundo, se nos elevarmos até o firmamento e analisarmos a vida aqui da Terra, veremos que essa passagem cheia de reencarnações, durante séculos e milênios, não passa de um estalar de dedos no tempo infinito da vida.

– Quer dizer que não existem, realmente, Céu e inferno?

– No sentido pelo qual se entende, não. Porém, podemos acreditar plenamente que o Céu existe, mas que teremos de passar por diversas esferas de vibrações, cada vez mais sutis, até chegar à grande Felicidade. E, pode ter certeza de que todas essas esferas são repletas de estudos e trabalhos, pois não pode existir felicidade na ociosidade. No que diz respeito ao inferno, algo parecido com o que imagina o homem, também existe e, da mesma forma, dividido em esferas vibratórias, de acordo com as más vibrações de nossos atos que carregamos conosco após a morte do corpo físico. Mas, desde que, sinceramente, compreendamos nossos erros, Deus nos dará sempre oportunidade de repará-los.

– E, temos que conseguir isso sozinhos?

– Na grande maioria das vezes, não, haja vista que, por pior que sejamos, sempre existirá alguém que nos conheceu e nos amou, em vidas passadas, que se prontifica a nos auxiliar com vibrações de amor e que, ao nosso lado, no inferno que atraímos e que nos atrai, nos envolve com boas ideias e pensamentos de arrependimento.

– Quanta felicidade não experimenta, então, uma mãe que, do Céu ou de esferas superiores, desce até as profundezas do inferno ou de esferas inferiores para ajudar um filho querido, que foi gerado dentro de suas próprias entranhas.

– Justamente, Atílio. Gostaria também que, no que se refere às reencarnações, você entendesse que nem todos voltam como querem, com uma simples escolha. A maioria reencarna compulsoriamente.

– O que significa a vida, para vocês, espíritas?

– Para nós, a vida não se limita a esta, terrena. Lembre-se de que Cristo disse: "Eu não sou deste mundo. Há muitas moradas na casa de meu Pai."

– Sim...

– A vida, para nós... a verdadeira vida é a do "lado de lá", que não se resume também em uma só localização, mas que se constitui de inúmeros planos espirituais, moldados pelas vibrações mentais dos Espíritos que neles habitam.

– E, como seriam esses inúmeros planos?

– Eles vão desde os mais grosseiros até os mais

sutis. E de acordo com o grau de evolução dos que neles habitam...

— Habitam?! Você quer dizer que lá existem casas, hospitais, ruas,...?

— Você, por acaso, vê alguma outra maneira de ser o "lado de lá"? Ou imaginava ficar deitado por sobre nuvens e ouvindo anjos tocar harpa, numa completa ociosidade?

— Quer dizer que "lá" é uma cópia daqui?

— Não. Na verdade, "aqui" é uma cópia de "lá". Como já disse, de acordo com a evolução dos Espíritos e das suas vibrações, boas ou más, eles se agrupam com os seus afins e habitam esferas que lhes são próprias. Dessa maneira, os mais inferiores localizam-se em planos moldados pelas suas próprias consciências que, pelo fato de serem bastante culpados, dentro do contexto Bem e Mal, são "lugares" bastante tenebrosos e de sombras.

— Como se fosse um inferno?

— Nós chamamos essas regiões de "Trevas", mas não deixa de ser, de acordo com o que imagina o homem, um verdadeiro inferno, onde criaturas, chegando a grau tão intenso de maldade têm a sua forma estruturada em verdadeiros monstros de pesadelo. Mas não é um lugar onde os Espíritos têm que se situar eternamente, pois a sua duração, para um determinado Espírito, pode ser decidida por ele mesmo, bastando que se arrependa, com sinceridade, de seus atos passados e volte-se a Deus, com a intenção de repará-los.

— E quantos planos existem?

— Partindo do princípio de que a evolução e a sublimação não têm fim, podemos, inclusive, imaginar que existam infinitos planos, pois se existisse um fim, estaríamos afirmando que encontraríamos ou até nos compararíamos a Deus.

– E os Espíritos mais superiores? Onde se localizam?

– Vamos por partes. Logo após esses planos espirituais que poderíamos chamar de "Trevas", existem outros que são verdadeiras localizações de socorro a entidades que conseguem arrepender-se e voltar o pensamento para o Bem. Existem, ainda, os de estudo, onde os Espíritos muito aprendem, antes de voltar a este "lado de cá".

– E esses planos interagem?

– Oh, sim. Mas de maneira bastante organizada. Os Espíritos somente conseguem visualizar os planos que lhe são mais inferiores, mas não o conseguem em relação aos mais superiores, apesar de receberem auxílio desses.

– Auxílio?

– Sim. Os Espíritos mais evoluídos, num gesto de bondade e desprendimento, "descem" até os planos mais inferiores para auxiliar os Espíritos infelizes que os habitam, na tentativa de, através de boas intuições, fazê-los voltar-se para o arrependimento e para o Bem. Porém, precisam de permissão e consentimento para assim agir, pois como lhe disse, tudo é feito de maneira organizada.

– O senhor falou em permissão. Existem governantes nesses "lugares"?

– Como não? Em tudo se faz necessário e de maneira natural, a presença dos líderes, que são Espíritos mais evoluídos ainda. Inclusive, em todos os planos existem líderes naturais. Até nos baixos degraus das "Trevas".

– E os Espíritos poderiam fazer-nos ver ou mesmo tocar e serem tocados, neste "lado de cá"?

– Perfeitamente, desde que o Alto assim o permita. Você mesmo passou por experiência desse tipo, quando sua cunhada fez-se vista por aquele jovem, para que você e sua filha se reencontrassem.

– Mas por que isso aconteceu comigo? Tantas pessoas perdem entes queridos dessa maneira.

– Esteja certo de que alguma razão deve ter havido.

– E quando fenômenos desse tipo acontecem sem que sejam para auxiliar alguém?

– Sempre há uma razão. Talvez aconteça, às vezes, para chamar a atenção para o próprio fenômeno em si, levando os homens a se questionarem sobre ele.

– Mas... qual seria a necessidade de tudo isso... da reencarnação? Por que Deus já não nos criou sublimados?

– Será você a questionar Deus, pelas suas decisões? E que valor haveria em se criar criaturas perfeitas? Não seria melhor que elas mesmas se aperfeiçoassem, indefinidamente? Os primeiros habitantes deste planeta não eram ignorantes?

– Tudo parece ser tão fantástico... mas ao mesmo tempo, tão lógico...

– As pessoas, no início, chegam a achar graça e nos chamam até de artistas da ficção, mas com o tempo, acabam reconhecendo, depois de raciocinar muito, que não poderia ser de outra maneira e que tudo se encaixa perfeitamente.

Nesse instante, Armando entra na sala, anunciando que Clotilde acaba de chegar, juntamente com Maria, que tivera alta.

– Armando, – pede Afonso – peça a Clotilde para vir até aqui. Preciso de você também.

– Pois não, pai.

– A propósito, peça a Clotilde que entre pelos fundos e aguarde-me na cozinha. Preciso falar com ela, em particular.

Armando sai e, dali a alguns minutos, ouve-se a porta dos fundos da casa se abrir. Afonso levanta-se e dirige-se até a cozinha.

– Como foi de viagem, Clotilde?

– Muito bem, seu Afonso.

– E Maria?

– Está muito bem, graças a Deus. Está melhor que ontem, quando o senhor foi visitá-la no hospital.

– Ótimo. Clotilde, aguarde aqui, um momento. Preciso lhe falar. Armando, venha comigo até a sala.

Dizendo isso, Afonso, acompanhado pelo filho, entra na sala onde se encontra Atílio.

– Armando, – pede Afonso. – Atílio teve um sonho bastante interessante que gostaria que você ouvisse. Atílio, por favor, você poderia contar seu sonho para Armando?

– Pois não, seu Afonso. Com todo o prazer.

– Peço-lhe que conte todo o sonho assim como o contou para mim, nos mínimos detalhes.

Afonso, então, volta à cozinha e pede a Clotilde que se sente perto da porta, de tal modo que não veja quem se encontra na sala.

– Minha filha, há um senhor, lá na sala, com Armando. A noite passada, ele teve um sonho muito interessante e que irá, agora, relatar. Gostaria que você ouvisse e prestasse bastante atenção.

Nesse momento, Atílio começa a narrar o sonho que tivera, enquanto Clotilde ajeita-se melhor na cadeira para ouvi-lo.

À medida que Atílio começa a fazer a narração, Clotilde sofre intensa mudança na fisionomia, contraindo o cenho, parecendo abismar-se com tudo aquilo. Quando ouve o seu nome e o de seu marido, tem um sobressalto e exclama, num sussurro, para Afonso:

– Ele está falando sobre mim, sobre a minha vida! Quem é ele?! O que significa isso?!

– Acalme-se, minha filha e continue a ouvi-lo.

Clotilde obedece, mas arrepios lhe percorrem a espinha e seu corpo começa a sofrer intensos estremecimentos com o decorrer da narrativa. Em seu cérebro, pensamentos estranhos começam, então, a desfilar, sem que tenha controle sobre os mesmos. Quase, já, no fim da narração de Atílio, não se contém e, levantando-se bruscamente, entra na sala.

Atílio, ao ver aquela mulher na soleira da porta, quase desfalece.

– Meu Deus!!! – é a única palavra que consegue proferir naquele momento.

Clotilde, por sua vez, também sofre intenso abalo ao se deparar com Atílio. Seu cérebro parece estar sendo esmagado pela própria caixa craniana e fortíssima dor aparenta lhe dilacerar esse delicadíssimo centro das ideias. Quase desfalece, precisando apoiar-se no espaldar de uma cadeira, à sua frente. Todo o pensamento parece sumir-lhe da mente, enquanto cena familiar lhe irrompe do mais profundo de sua memória. Percebe estar em um local afastado de uma cidade, numa fila para subir em um ônibus que se encontra estacionado. À frente, sua irmã que sobe no veículo. Sim, é sua irmã. Lembra-se dela. Porém, no momento em que está, já, com um dos pés no estribo da condução para subir também, é impedida pelo motorista que lhe pede para, juntamente com as outras mulheres que ali estão na fila, esperar o próximo veículo, pois aquele já lotara. A porta fecha-se à sua frente e o ônibus sai, estrada a fora. Segue-o com o olhar, por cerca de quinhentos metros até que este sai da pista, como se estivesse sem direção e precipita-se contra a amurada lateral, despencando-se despenhadeiro abaixo. Sem conseguir controlar-se, vê-se, então, correndo como uma louca em direção contrária, com receio de ver tão trágico desastre. E, agora, não mais se contém e exclama, emocionada:

– Atílio!!!

– Rosalina!!! – responde o homem, não podendo acreditar que, ali à sua frente, se encontra sua amada esposa, mãe de Lucinha.

Atílio está estático, olhando fixamente para aquela que lhe parece ser uma visão. A mulher, por sua vez, não se contém e atira-se em direção a ele, abraçando-o e chorando. Somente então, Atílio parece acreditar no que está acontecendo e a abraça também, não conseguindo conter as lágrimas de emoção e felicidade.

– É sua esposa, meu filho. – assegura-lhe Afonso.

– Como é possível?! Você está viva?!

O pobre homem não se cansa de beijar as faces e as mãos da esposa, temeroso que está de que tudo aquilo não passe de um sonho.

– Vá buscar Lucinha. – pede Afonso a Armando, que sai, incontinenti.

– Lucinha! Onde está minha filha?! – parece acordar, agora, Rosalina.

– Ela está bem, querida. – responde-lhe Atílio. – Armando foi buscá-la.

São inenarráveis a alegria, a emoção e as lágrimas de felicidade que explodem naquela casa quando, depois de alguns poucos minutos, a menina ali entra.

– Mamãe, mamãe! – não se cansa de pronunciar a menina, com os olhinhos marejados de lágrimas.

Rosalina, sentada numa poltrona, beija incansavelmente a filha, carregando-a nos braços como se fosse um pequeno bebê.

Acalmada, um pouco, a intensa emoção que vibra naquele ambiente, seus ocupantes já começam a tecer considerações sobre o estranho acontecimento que lhes cruzara os caminhos. E é Rosalina quem mais explicações tem a dar:

– Graças a Deus, minha memória voltou.

– Como você escapou do desastre e o que lhe aconteceu em seguida? Eu reconheci o que restou de seu corpo, através daquela corrente que lhe dei de presente no dia de nosso casamento.

– São coisas do destino, Atílio. Você não pode nem imaginar o que aconteceu. Naquele dia, lá na fábrica, como fui trabalhar em uma máquina nova de tecer, que ainda não conhecia direito e na qual precisava, constantemente, debruçar-me por sobre algumas braçadeiras, temi que a correntinha pudesse se prender nelas e pedi a Eneida que ficasse com ela até sairmos do serviço. Quando fomos tomar o ônibus, este ficou lotado no momento em que eu já estava quase entrando nele e fiquei esperando, junto com outras operárias, o próximo veículo. Foi quando, ali naquele trecho do despenhadeiro, o ônibus precipitou-se e Eneida estava nele, com a minha corrente no pescoço. Pobre Eneida!

– Entendo... – esclarece Atílio. – quando fui até o necrotério para ver se reconhecia alguém, pensei ser você, por causa da correntinha. Não consegui reconhecer Eneida e, perguntando a outras mulheres, disseram-me que você e Eneida estavam no ônibus.

– Elas devem ter-me visto tentando entrar no veículo e, depois de tão trágico acidente, em menos de um minuto depois, não devem ter-se lembrado de que eu fiquei.

– Não pude reconhecer Eneida e dei-a por morta. Mas... o que aconteceu com você, depois disso?

– O choque foi tão grande para mim que a única coisa de que me lembro foi que comecei a correr, assustada e desesperada, em direção oposta, não querendo acreditar no que tinha visto.

– E depois...? – pergunta Afonso.

– Vi-me, então, andando por ruas e mais ruas sem saber quem eu era.

– Por causa da grande emoção e do choque, você perdeu a memória...

– Sim. Acho que foi isso.

E, então, Rosalina conta tudo o que lhe aconteceu, inclusive a chegada a Boiadas. Só não consegue entender como identificou-se como Clotilde e como, até agora, ainda tinha essas lembranças gravadas na memória. E o sonho de Atílio?

– Acho que vocês não devem se preocupar com isso agora. O importante é terem se reencontrado. Vão para casa e procurem descansar. Amanhã conversaremos a respeito.

Atílio e Rosalina, exaustos emocionalmente, concordam e, de mãos dadas com Lucinha, vão para aquela casa humilde que lhes parece um palácio de tanta alegria que encerra.

Não conseguem dormir e Atílio conta à esposa tudo por que passaram, ele e Lucinha. Fala-lhe da ajuda que, provavelmente Eneida, como Espírito, lhe prestara para encontrar a menina perdida. Conta-lhe sobre Sebastião e tudo o que sabe sobre o bairro em que estão.

Rosalina tudo ouve, atenta, emocionada e com lágrimas nos olhos. Terminam a noite, debruçados sobre a cama da filha, admirando-a e velando por seu tranquilo sono.

A MISSÃO

NO DIA SEGUINTE, SÁBADO, À TARDE, AFONSO VISITA o casal que já havia almoçado, juntamente com Lucinha, em casa de dona Conceição.

– Como fica nossa situação agora, seu Afonso?

– Como assim?

– O senhor acha que deveríamos voltar para a nossa cidade?

– Vocês é que devem decidir sobre isso.

– O senhor quer dizer... bem... que poderíamos ficar morando e trabalhando aqui? – pergunta Atílio, ansioso pela resposta afirmativa de Afonso.

– Se quiserem...

– Seria maravilhoso! – responde, alegre, Atílio.

– Então, estamos combinados. Vocês podem ficar morando aqui mesmo, na casa que era de Sebastião. É só ter um pouco de paciência para que, ajuntando algumas economias possam comprar melhores móveis e melhorar a habitação.

– Nem sabemos como agradecer, seu Afonso. – exclama Rosalina, profundamente agradecida.

– O que pretendo, em primeiro lugar, assim que sobrar algum dinheiro é procurar dona Berta, a senhora que alugava a casa para nós, lá na capital, para pagar–lhe o que lhe devemos.

– Muito bem, Atílio.

– E levarei Rosalina comigo para que possamos cancelar seu atestado de óbito e acertar sua situação, juridicamente.

– Seu Afonso, – pergunta Rosalina. – o senhor teria ideia do que me aconteceu, ou seja, de toda a lembrança que tive como Clotilde e, por que estranhava tudo à minha volta, lembrando-me de uma vida como se fosse de outra época?

– A única explicação que lhe posso dar, Rosalina, logicamente baseada na Doutrina Espírita, é a seguinte: quando você presenciou o desastre do ônibus, perdeu a memória, tremendo lhe foi o choque. Andou a esmo, sem saber quem era e para onde ir. De repente, por razões que só o Alto conhece, você teve um lampejo de memória, só que lembrou-se do nome da cidade onde já vivera numa encarnação passada.

– Encarnação passada?

– Sim. Atílio poderá lhe explicar a respeito, pois já tivemos algumas conversações sobre o assunto e, se quiserem se aprofundar mais, posso lhes emprestar alguns livros...

– Oh, sim. Gostaríamos muito. – interrompe Atílio.

– Como estava dizendo, você vislumbrou o nome dessa cidade. A caminho de lá, juntamente com seu Januário e dona Olga, lembrou-se, pois já estava com a mente mais ligada nessa época, do lugar onde havia passado a infância. Quando chegou à cidade, reconheceu a casa onde havia morado, apesar de achar todo o resto da cidade mudado. Na verdade, aquela casa não havia sido modificada durante todos esses anos. No entanto, havia, também, uma grande diferença: a sua maneira de pensar e encarar seus atos pretéritos, arrependendo-se de tudo o que havia feito, chegando mesmo a sentir grande repulsa pelo que "era". Isso tudo se deve ao fato de que, como Espírito, já havia se modificado bastante e a evolução espiritual é algo que não retroage. Todo o desenvolvimento em direção ao Bem é imutável. Tudo o que se adquire, nesse sentido, não se perde, nunca. E o resto, você já sabe. Quando Atílio teve aquele sonho, tão ligado à sua vida, pedi-lhe para que o ouvisse narrar, esperando que algo lhe sucedesse. Na verdade, não sabia qual seria o resultado e nem sabia que vocês eram marido e mulher, mas tive a intuição de que você deveria ouvi-lo. Você não se conteve ao ver que alguém, que não sabia quem era, pois estava ouvindo da cozinha, sonhara tudo aquilo a respeito de sua vida e quis ver, com seus próprios olhos, aquele estranho. E, graças à Providência Divina, ao ver seu esposo, teve, então, um ressurgimento da memória, também, pelo choque emocional do encontro.

– Parece incrível que essas coisas possam acontecer às pessoas!

– A lembrança de vidas passadas, apesar de bastante rara, já aconteceu com muitos Espíritos encarnados. Se tudo isso lhes aconteceu, tenham certeza de que foi, única e exclusivamente, com a permissão do Alto, em benefício de vocês mesmos. Talvez, hoje, não consigam vislumbrar o porquê, mas um dia, no infinito da vida, descobrirão e agradecerão. E, se quiser aceitar um conselho de alguém um pouco mais experiente nesse assunto, Rosalina, procure simplesmente aceitar todos esses acontecimentos, sem se preocupar em demasia com eles. O passado é importante para o desenvolvimento futuro, mas o presente é o que realmente tem verdadeira importância, pois se bem vivido, apagará o pretérito e nos preparará para o porvir.

– E quanto a Sebastião, seu Afonso, quando saberei algo a seu respeito? – pergunta Atílio.

– Tenha paciência, meu filho. Dia chegará em que descobrirá toda a verdade, mas para que não fique tão ansioso quanto a isso, posso lhe adiantar, muito resumidamente, que Sebastião é um Espírito que possui, como alguns outros, a faculdade de se materializar, inclusive as próprias vestimentas, e interagir com os encarnados, como se fosse um deles. Na verdade, o Espírito se torna um "agênere", uma propriedade que envolve modificação de estrutura atômica, não somente do corpo espiritual, como também de outros materiais, o que não viria ao caso agora explicações mais detalhadas, até porque não as possuo, apenas detenho o conhecimento da existência desse fenômeno. Quando ele lhes trouxe pão e dinheiro, com certeza, materializado, conseguiu-os simplesmente pedindo como esmola. No caso da igreja, o que posso imaginar, foi que no momento em que ele segurou o braço daquele homem, Sebastião não mais se encontrava materializado e que somente você sua filha o viam, mediunicamente.

Nesse momento, chega Armando que, estacionando velha camioneta, vem ter com os três.

– Armando, – inquire Afonso. – você falou com o Prefeito?

– Falei, pai, e ele diz que está de acordo. Acrescentou, ainda, que seria um grande benefício para a cidade e para todas as pessoas que por aqui passam, porém, lamenta não poder contribuir com muita coisa, pois os cofres públicos estão, já, sobrecarregados com outros compromissos.

– Compreendo...

– Prometeu mão de obra, se for preciso.

– Já é uma grande ajuda.

– Talvez, com uma campanha de donativos, junto aos comerciantes e habitantes da cidade...

Afonso fica, por alguns instantes, pensativo e dirige-se, então, a Atílio e Rosalina:

– Desculpem-nos, por estarmos conversando, eu e Armando, sobre assunto que vocês desconhecem, mas é que estamos tentando resolver um grande problema social que está ocorrendo em nossa cidade e região. Vocês talvez não saibam, mas esta nossa cidade fica bem na rota de pessoas que moram no norte do país e que migram para as grandes cidades, principalmente a capital, em busca de trabalho. E, aqui é um dos pontos finais, onde determinada empresa rodoviária descarrega toda essa gente. E elas precisam esperar três dias até que outro ônibus daqui parta em direção à metrópole. Isso acontece semanalmente com perto de quinze a vinte passageiros que, aqui chegando, ficam praticamente ao relento, em nosso jardim público. São homens, mulheres, crianças e velhos que, precariamente, junto com seus poucos pertences, chegam, às vezes, a tomar chuva quando não conseguem proteger-se em algum abrigo caridoso.

– E como vocês pretendem resolver isso?

– Nós possuímos uma velha casa na cidade, herança de meus avós. É evidente que, para fins legais, o referido imóvel está em meu nome, porém, pertence à nossa comunidade. Essa casa está abandonada há muitos anos, pois não nos tem utilidade, mas agora, estamos pensando seriamente em transformá-la em um albergue que possa dar a esses infelizes, que por aqui passam, um leito decente e, talvez mesmo, um prato de sopa quente, feito com legumes que aqui são produzidos. Porém, o maior problema é que temos que, pelo menos, pintá-la totalmente, além de pequenos consertos nas portas e janelas. Precisamos também de camas, fogão, roupas, lençóis, etc.

– Seria maravilhoso se isso pudesse se concretizar. Vocês não imaginam o bem que estariam fazendo! – exclama Atílio, visivelmente emocionado – Não podem imaginar o que significa para alguém, principalmente se esse alguém possui filhos, o que é ter um lugar para repousar... um pouco de alimento...

Lágrimas furtivas lhe escapam ao fazer menção ao que ele próprio passou. Rosalina também se emociona. E, depois de, disfarçadamente, enxugar as lágrimas com as costas da mão, Atílio continua:

– Só o fato de saber que alguém se preocupa por nós... vocês sabem... já passei por isso... eu e minha filhinha... Rosalina também...

– Nós sabemos e entendemos a importância desse socorro.

Ficam alguns segundos em silêncio, até que Atílio não se contém:

– Por favor, deixem-me ajudá-los nesse trabalho.

Afonso sorri, satisfeito.

– Você quer mesmo trabalhar nisso? Estávamos, realmente, precisando de alguém...

– Será uma caridade, se me permitirem auxiliá-los.

– Pois muito bem, – concorda Afonso, com indisfarçável contentamento – esse trabalho ficará a seu cargo. Amanhã mesmo iremos até a cidade para mostrar-lhe o imóvel e, segunda-feira, o apresentaremos ao Prefeito. Você tomará as rédeas desse empreendimento.

– Não. Eu não tenho condições de comandar isso. Quero, apenas, trabalhar...

– Nós confiamos em você. E não estará sozinho. Eu e Armando estaremos juntos.

Atílio e Rosalina não sabem o que dizer, pois grande felicidade lhes invade a alma e Atílio aceita a incumbência.

***

Na manhã seguinte, como combinado, vão os três vistoriar a velha casa. Acertados os detalhes, Atílio, auxiliado por Armando, relaciona tudo o que seria necessário e começa a campanha junto aos comerciantes e demais habitantes da cidade. Ao cabo de alguns dias, Armando, chegando à conclusão de que Atílio já é bastante conhecido, deixa-o entregue ao trabalho que abraçara e volta a seus antigos afazeres.

Durante várias semanas, Atílio trabalha incansavelmente, solicitando latas de tinta, pincéis, pregos, madeira, donativos em dinheiro, camas velhas, enfim o que precisa para montar o tão almejado albergue. Sempre que visita alguém para solicitar alguma contribuição, faz questão de demonstrar a necessidade de tal empreendimento, chegando, às vezes, a contar parte de sua vida como andarilho na cidade grande, na intenção de comover alguns corações menos caridosos.

Todas as tardes, ao voltar para o bairro, procura Afonso, a quem narra, detalhadamente, o que conseguira realizar naquele dia. E a cada dia que passa, sentem-se mais animados e entusiasmados com o projeto.

– Muito bem, Atílio, como vão os trabalhos?

– Deus está nos ajudando muito. Já consegui todo o necessário e, na semana que vem, a Prefeitura irá nos ceder alguns de seus funcionários para os serviços de consertos e pintura da casa, bem como da restauração de camas velhas que conseguimos angariar. Já temos doze leitos simples e duas camas de casal, onde poderemos abrigar várias crianças juntas.

– E o fogão?

– Seu Carlos, da farmácia, já se prontificou a doá-lo, bem como uma caixa de primeiros socorros para alguma eventualidade. E tenho esperanças de que, mais alguns dias de trabalho junto ao povo, teremos todas as roupas de cama.

– Que beleza, Atílio! – exclama Afonso, emocionado. – Você está realizando um grande trabalho.

– Não, seu Afonso. Esse trabalho pertence ao povo da cidade, que não está medindo esforços para nos ajudar. Todos são muito bons e estão demonstrando não possuir preconceitos religiosos quando a causa é grandiosa. O quanto antes pudermos oferecer um teto e um pouco de alimento e carinho a esses nossos irmãos necessitados, será melhor.

Afonso fica alguns segundos em silêncio, pensativo, até que diz, calmamente:

– Atílio, gostaria de lhe oferecer... bem... é lógico que pode pensar antes e nem é obrigado a isso... mas tenho a obrigação de lhe oferecer o trabalho desse albergue. Se quiser se transferir para lá, com Rosalina e Lucinha, e tomar conta daquela casa de repouso, o trabalho é seu.

Atílio não sabe o que dizer, tão entusiasmado fica com a oferta.

– Deus lhe pague, seu Afonso... Deus lhe pague... gostaria muito...

– Então, fale primeiro com Rosalina. Se ela concordar o trabalho é de vocês. Poderão ocupar os aposentos dos fundos. Rosalina saberia cozinhar uma suculenta sopa de legumes?

– Oh, sim. Ela é uma ótima cozinheira.

– Fico contente por vocês e gostaria de convidá-los também para assistir ao trabalho que realizaremos, hoje à noite, no barracão. Muito poderão aprender, assistindo a essa reunião que realizamos aos sábados.

– Iremos, sim. Agora, se me dá licença, vou para casa contar a novidade a Rosalina. Tenho plena certeza de que ficará muito feliz em trabalhar nessa tarefa de auxiliar os sem teto.

※※※

Já são dezenove horas e trinta minutos, quando o casal acomoda Lucinha para dormir. Dona Conceição vem fazer companhia à menina enquanto Atílio e Rosalina estiverem na reunião.

Que trabalho seria esse, aos sábados, que seu Afonso os convidara a assistir? – questiona-se, mentalmente, Atílio, enquanto se dirige ao barracão com Rosalina. Nota, também, que cinco automóveis estão estacionados defronte àquela construção, que já está com os lampiões acesos, interna e externamente. Já lá dentro, sentam-se no mesmo lugar em que Rosalina se sentara naquela reunião de passes. O movimento, porém, é diferente. Doze pessoas já se encontram acomodadas ao redor de grande mesa retangular e mais umas nove, em bancos próximos a elas.

– Atílio... – chama alguém, em voz baixa, perto dele. Era seu Afonso, acompanhado de Armando.

– Boa noite, seu Afonso.

– Sentem-se mais à frente e, na saída esperem-me, que procurarei responder-lhes algumas perguntas que, tenho certeza, terão vontade de fazer.

– Obrigado. – agradece Atílio, levantando-se e dirigindo-se, juntamente com Rosalina, a um banco da segunda fileira.

Afonso e Armando ocupam as duas cadeiras que se encontram vazias e localizadas no centro da mesa, voltadas para o auditório. Todos estão em silêncio e bastante compenetrados. Armando, então, apanha um livro de cima da mesa, lê uma passagem do Evangelho e tece ligeiro comentário a respeito.

A seguir, um dos que estão presentes, sentado em um dos bancos, levanta-se, fecha as portas e apaga todos os lampiões. O recinto fica em penumbra, podendo-se avistar levemente as pessoas que ali se encontram, por causa das luzes dos lampiões localizados estrategicamente do lado de fora do prédio. Alguns segundos de silêncio se passam e, então, Afonso pronuncia-se:

– Querido e amado mestre Jesus. Ampara-nos, mais uma vez, por intermédio de Teus emissários espirituais que, há muitos anos, nos auxiliam com bondade, paciência e benevolência. Quanta felicidade sentimos, Jesus amado, em podermos colaborar, mesmo com nossa pequenez, em prol deste grandioso trabalho. Perdoa-nos as imperfeições e liberta-nos o pensamento das coisas mundanas, para que possamos concentrar-nos, única e exclusivamente, neste trabalho tão maravilhoso, a serviço dos bons Espíritos.

Fica alguns segundos em silêncio e recomeça:

– Aproveitamos também para implorar as Tuas luzes em favor de todos que soluçam e sofrem. Ilumina, Senhor, as criancinhas, para que tenham um bom aprendizado moral, nesta vida tão cheia de tribulações. Protege, Mestre, os jovens, das tentações e vícios inferiores. Ilumina o caminho dos pais, na boa educação de seus filhos, espalhando sabedoria e amor sobre eles. Mostra o caminho e agasalha os andarilhos e os pobres. Abranda os corações dos criminosos e dos encarcerados. Dá força e fé aos asilados e doentes. Abençoa os dirigentes de todas as nações para que o sentimento de Paz esteja, sempre, em seus corações. E abençoa a nós todos, Mestre dos Mestres, para que não venhamos a cair nas tentações e livra-nos, Senhor, dos males que trazemos enraizados em nossos próprios corações. Permite que Teus emissários aqui venham ter conosco.

Cala-se e, após alguns segundos de silêncio:

– Graças a Deus! Nossos irmãos já estão aqui conosco. Mentalizemos bastante luz em nosso meio.

Quase um minuto se passa.

– Meus amigos e meus irmãos...

Atílio, ao ouvir essas palavras, procura descobrir quem está falando. Estupefato, percebe que é Afonso quem fala, porém, com uma voz completamente diferente, um tom acima do normal e com um sotaque carregado que não consegue distinguir a procedência. Mas, por tudo que já pôde aprender, sabe que deve se tratar de algum Espírito, comunicando-se através de Afonso.

Belíssimas palavras são, então, proferidas, incitando e convidando todos os presentes ao trabalho em benefício do próximo, em nome de Deus. A emoção é tanta, motivada por tão sábios ensinamentos que as lágrimas facilmente marejam os olhos de todos.

Quando termina, Armando faz ligeiro agradecimento pela presença do manifestante.

A seguir, outros Espíritos se comunicam por intermédio dos médiuns. Agora, porém, Atílio pode perceber que essas sessões têm, principalmente, um cunho caritativo e de auxílio, pois essas outras entidades comunicantes são sofredoras que necessitam ainda de palavras esclarecedoras e de encaminhamento em suas jornadas no "outro lado" da vida.

Um deles, acredita ainda estar em um hospital, sem noção de que seu corpo já morreu. Outro, revoltado, mostra ter somente a ideia de vingança em sua mente, parecendo ser retirado, compulsoriamente, por outros Espíritos, no final de sua comunicação agressiva nas palavras, a fim de ser levado a um trabalho de tratamento e esclarecimento no verdadeiro plano da vida.

A seguir, outra entidade começa a falar através das cordas vocais de outro médium, moço, ainda:

– Irmãos, Deus esteja convosco.

– Seja bem-vindo, Sebastião. – recepciona Afonso.

– Sebastião?!!! – Atílio não consegue conter a exclamação.

– Sim, meu amigo – responde o Espírito -, sou eu. Estou muito feliz por tê-lo enviado até este bairro. Em pouco tempo, você fez um trabalho belíssimo, na organização do abrigo aos necessitados.

– Mas por que recebemos, eu e Rosalina, tanta ajuda? Do senhor, de minha cunhada. Praticamente, penso eu, os Espíritos fizeram com que eu e Rosalina nos reencontrássemos...

– Vocês têm uma tarefa muito importante a cumprir nesse lado em que se encontram. Sentiram o que representa a falta de um abrigo caridoso e agora, graças à grande força de vontade de vocês, muitos que por aqui passarem terão um lugar decente para repousar e se alimentar. Espero que esse entusiasmo de vocês não se extinga, com o passar do tempo. Todas as pessoas, por todo o globo terrestre, possuem tarefas, nas quais são auxiliadas por Espíritos amigos e afins. O trabalho de todos começa no próprio lar e nas mais diversas atividades e, uma de suas tarefas, além de educar Lucinha, é a de fundar um albergue. Por isso, foram auxiliados. E não se esqueçam de que as privações por que passaram, também foram uma forma de auxílio. O sofrimento, muitas vezes, é uma grande bênção.

– Mas eu vi e toquei o senhor...

– Isso acontece a muitas pessoas, porém, elas geralmente nunca ficam sabendo disso. O que interessa é o trabalho no Bem. Continuem nessa missão e estudem bastante a respeito dessa Doutrina maravilhosa que estão abraçando. Ela e o trabalho dignificante somente poderão lhes trazer muita felicidade. Fiquem todos com Deus.

O médium, então, tem ligeiro sobressalto e se desconcentra.

Nesse momento, Afonso dirige-se a Armando, pedindo-lhe que faça uma prece de encerramento do trabalho da noite.

Armando se compenetra e faz sentida oração de agradecimento pelo êxito do trabalho. Em seguida, os lampiões são acesos. Todos parecem muito felizes e, em silêncio, vão bebendo da água que é servida por Armando. Pouco a pouco, vão se despedindo e deixam o local. Somente Afonso, Armando, Atílio e Rosalina permanecem ainda.

– Aproximem-se, meus filhos. Sentem-se aqui.

Atílio e Rosalina atendem ao pedido e sentam-se à mesa, defronte dos dois homens.

– Seu Afonso, estou emocionado. Por tudo que pude ouvir, principalmente pela presença Sebastião. Já estava desconfiado de que ele era um Espírito; somente não consigo entender por que me ajudou tanto.

– Ele já lhe disse: vocês têm uma missão a cumprir. Mas não se preocupem com isso. Trabalhem sempre e, podem ter certeza de que, um dia, depois de bastante estudo, entenderão os porquês. Agora, me digam: o que acharam da reunião?

– Bem, pelo que pude entender, – responde Atílio – vocês conversaram com Espíritos.

– Certo. E o que mais?

– Não entendi bem porque um queria o remédio e dizia estar em um leito de hospital e o outro parecia querer vingar-se de alguém.

– A explicação é muito simples, Atílio, tendo em vista o que já pôde aprender, mas lembre-se de que terá de estudar mais para poder entender melhor o que vou lhes explicar.

Afonso medita um pouco e continua:

– Quando uma pessoa, ou melhor, quando um Espírito desencarna, no momento da morte de seu corpo físico, dependendo do apego que tem pelas coisas materiais, sem ter-se voltado para as coisas do Alto, às vezes, ignora a sua nova condição e nem percebe que já não pertence mais a este mundo. Então, como se estivesse num estado de sonambulismo, ou num sonho confuso, motivado por uma verdadeira auto-hipnose inconsciente, ele continua preso às pessoas mais chegadas afetivamente ou àquelas a quem odeia ou mesmo aos lugares em que viveu ou coisas a que se apegou. E, às vezes, suas vibrações de desespero chegam a prejudicar seus familiares, aqui ainda encarnados, que, sem o saberem, começam a sentir essas vibrações negativas. De outras vezes, há Espíritos que sabem que já estão do "lado de lá", mas sentimentos de amor possessivo fazem com que fiquem à volta dos entes queridos, lançando também vibrações de sofrimento sobre esse lar. Outros, buscam ajudar os familiares, numa tentativa de impor-lhes as suas ideias, por intuição e, nesse caso, as pessoas encarnadas sofrem com o natural choque de pensamentos que lhes correm pela mente. Existem também aqueles que, como no exemplo de hoje, continuam como que vivendo os últimos momentos de sua vida terrena. É o caso daquele senhor do hospital. Há ainda outros tantos que ficam agitando e criando distúrbios nervosos e confusão nos lares de pessoas que, nesta, ou em outras encarnações, lhes causaram, consciente ou inconscientemente, algum dano. E, há aqueles que se comprazem em fazer o mal, pois se revoltam contra Deus, achando que a situação em que se encontram, depois da morte física, lhes é injusta.

– Mas por que Deus permite que isso aconteça? – pergunta Rosalina.

– O homem, encarnado ou desencarnado, possui o livre-arbítrio para fazer e receber o Bem ou o mal, conforme sua maneira de ser e o grau de bondade ou maldade que possua em seu coração. As pessoas que vivem uma vida reta, honesta, com verdadeiro amor ao próximo, nada devem temer, pois esses Espíritos não conseguirão tocar, nem encontrar guarida em seu coração e pensamentos. Mas há também outros encarnados que, vivendo egoisticamente e seguindo o caminho da discórdia, do derrotismo, da falta de caridade, estão sempre predispostas a receber essas vibrações negativas desses Espíritos vingativos, alguns brincalhões e outros tantos cultores da maldade.

– O senhor poderia me explicar, mais detalhadamente, o caso em que o Espírito dizia estar num hospital?

– Esse Espírito, quando encarnado, Atílio, não deve ter-se preocupado muito com as coisas do Alto. Talvez, tivesse vivido muito apegado à matéria e não soube aproveitar a sua doença e o leito do hospital, onde deve ter sofrido muito, para tentar fazer um balanço de sua vida e percebido, talvez, que não tivesse feito muita coisa de proveito em benefício de seus semelhantes. Deve ter tido uma vida, onde pouco fez de ruim, mas não procurou, também, fazer nada de bom. Na verdade, Atílio, não seremos julgados apenas pelo mal que cometermos, mas também pelo bem que deixarmos de fazer. Viveu, apenas, preso à matéria e na possessão doentia de seus entes queridos. No momento da morte, não aceitou, em seu íntimo, a ideia de ter partido para uma outra vida e continuou, como que vivendo, por sua própria criação mental, os momentos que antecederam a sua desencarnação, até que, depois de algum tempo e não aguentando o sofrimento, resolveu lançar seus pensamentos a Deus.

– Não entendi uma coisa. O senhor disse que ele não aceitou a morte...

– Inconscientemente, Atílio. Um Espírito muito apegado à matéria, não chega, às vezes, a perceber que desencarnou e, então, como se estivesse em estado de sonho, continua a fazer e a sentir tudo o que fazia quando da morte de seu corpo físico. É lógico que isso foi o que aconteceu a ele e acontece com muitos outros, porém, existem infinitas maneiras de se passar para o "lado de lá". Muitas são boas e até mesmo gloriosas, e outras, de grande sofrimento. No caso em apreço, quando ele se dirigiu ao Alto, suas vibrações mentais se modificaram e, então, pôde ser trazido até nós para que pudéssemos dialogar com ele.

– Pelo que entendi, outros Espíritos o trouxeram até aqui, quando modificou suas vibrações, pedindo ajuda a Deus, mas...

– Sim – interrompe Afonso –, muitas entidades espirituais se dedicam a esse mister, juntamente com Espíritos familiares do necessitado, ou mesmo, sozinhas.

– Mas por que tiveram que trazê-lo até aqui? Não poderiam fazer o que vocês fizeram, lá, "do lado de lá"?

– Esses Espíritos, Atílio, tão apegados à matéria, não conseguem ouvir ou visualizar aqueles que, do "lado de lá", tentam ajudá-los. Somente conseguem ser levados, pelos Espíritos caridosos, a lugares como este, onde, através de interações mentais com médiuns, conseguem se comunicar e ouvir, dialogando, dessa maneira, com os encarnados. Muitas vezes, quando necessário, essas entidades, que os trazem, manipulam fluidos vitais, também extraídos desses médiuns, para que esses Espíritos possam visualizá-los e aceitarem o auxílio que eles lhes oferecem. No caso presente, utilizaram essa energia para que ele pudesse ter o primeiro impulso de enxergar o "lado de lá". Foi quando conseguiu ver sua mãezinha que há muito tempo está ao seu lado, orando e incutindo em sua mente, por meio de vibrações intuitivas, a necessária vontade de se dirigir a Deus solicitando auxílio.

– E para onde ele foi levado?

– Para um hospital de tratamento, no outro plano da vida.

– Para um hospital?

– Sim. Como você já sabe, nós, Espíritos criados por Deus, já desencarnamos e reencarnamos muitas vezes, nesta escola da vida. Mas para que possamos habitar este corpo, com o qual nascemos deste lado, é preciso que haja um meio de interação, de ligação entre Espírito e matéria, e esse meio de ligação se chama perispírito. Inclusive, quando passamos para esse "lado de lá", próximo à nossa crosta terrestre, precisamos dele para viver naquele meio. É evidente que, com a nossa evolução, e à medida que, com o tempo, formos galgando planos mais superiores, esse nosso perispírito se tornará cada vez mais sutil até que não necessitemos mais dele, mas ainda estamos muito longe disso. Nosso corpo e nosso perispírito possuem a mesma forma e, tão ligados estão, que o que acontece a um é refletido no outro, como por exemplo, as dores, as doenças, os defeitos físicos contraídos, os pensamentos. No caso em questão, desse nosso irmão, a doença que lhe dilacerava o corpo continua agindo em seu perispírito, sendo, por isso, encaminhado a um hospital do espaço para ser tratado convenientemente. Agora, existem casos em que a doença formada originariamente no corpo físico, não chega a atingir o perispírito, quando a pessoa possui e emite vibrações positivas em relação a ela, a seus semelhantes e à vida.

– É impressionante...

– Há outros casos e podemos afirmar que são muitos, em que a doença tem sua origem no próprio perispírito.

– Como assim?

– Ela tem origem nas nossas vibrações negativas. O ódio, a inveja, o egoísmo, o ciúme doentio, a ganância, o vício mental, enfim todas essas más vibrações causam lesões em determinados órgãos perispirituais e, por consequência, promovem o mesmo, no corpo material. Existem pessoas que, acometidas de grande mal orgânico, conseguem voltar seus pensamentos a Deus e, então, através de trabalhos mediúnicos, podem ser curadas a nível de perispírito, refletindo, essa cura, no corpo material.

– Mas e as doenças que já aparecem no nascimento ou na infância do homem, ou mesmo, surgem depois, acompanhando-o até a morte?

– Existem muitas doenças ou males, que a pessoa carrega consigo em uma, duas ou mais encarnações, devido ao seu merecimento, não passando de expiações e provas, resultantes das vidas que teve no passado.

– Entendo... E quanto ao caso daquela segunda comunicação?

– Aquele é um pobre irmão que insiste em fazer justiça com as próprias mãos, tentando levar à loucura aqueles que lhe causaram mal.

– E, como ele tenta isso?

– Pela total sintonia que tem junto a eles, incute-lhes, na mente, maus pensamentos, colocando-os uns contra os outros. Já conhece sua situação de desencarnado e não ouve nossos apelos. Infelizmente, para esses, temos que demonstrar que existe uma força maior que comanda o Universo. Essas verdadeiras demonstrações de força que lhes impingimos, são a única maneira de lhes falar ao íntimo. Foi por isso que, como você percebeu, por intermédio de nossas energias, os Espíritos encarregados da reunião conseguiram subtrair-lhe as forças e levaram-no como se estivesse amarrado por forças invisíveis. Ficará nesse estado durante alguns dias, para que medite bastante a respeito de tudo o que lhe falamos. Com o tempo, vendo que não consegue nada, porque percebe que existe algo mais forte que ele, terá de ouvir nossos conselhos e segui-los. E, pode ter certeza de que, daí, será realmente auxiliado, porque dócil ficará e compreenderá, finalmente, quanto errado estava.

– E, nesse caso em questão, o que acontecerá àqueles que lhe fizeram mal e que agora eram perseguidos por ele?

– Também são pobres Espíritos encarnados que prejudicam seus semelhantes e que, um dia, também terão de responder por isso e que, mais cedo ou mais tarde, a exemplo de muitos outros, ganharão a chance de remediar suas faltas.

Depois de mais algumas considerações, vão para suas casas, para o necessário e merecido repouso.

***

São sete horas da noite, quando, duas semanas depois, Atílio, Rosalina, Afonso e Armando recebem os primeiros necessitados de pouso para seus corpos cansados pela viagem. Homens, mulheres, velhos e crianças ocupam todo o recinto daquela casa transformada em albergue. Atílio está radiante, quando, sentados todos em ampla mesa, começa a servir a sopa que Rosalina preparara. Afonso e Armando também se sentam, como que para comemorar o acontecimento, tomando aquela rica refeição à base de legumes.

Já são vinte e uma horas e alguns minutos quando Atílio termina de acomodar todos em seus leitos, separados por grandes biombos. Lucinha que, até aquela hora, ficara brincando com a menina da vizinha, com a qual já fizera amizade, vai dormir e Afonso e Armando despedem-se, prometendo voltar de manhã.

No caminho de volta, Armando comenta:

— Eles me pareceram muito felizes.

— Sim. Sofreram os padecimentos dos "sem lar" e agora estão, graças a Deus, cumprindo a missão que, um dia, lhes foi concedida como resgate.

— Diga-me uma coisa, pai: o senhor contou a verdade a Atílio?

— Não. O esquecimento de vidas passadas é uma bênção de Deus, com exceção de alguns poucos casos, como o de Rosalina. Felizmente, ela teve muito equilíbrio para conhecer sua vida passada. A maioria das pessoas, ainda não tem condições para conhecer essa verdade.

— Mas... será mesmo que Atílio nem desconfia de que o Adolfo, de seu sonho, marido de Clotilde, é ele mesmo?

Afonso apenas sorri.

IDE | Conhecimento e educação espírita

No ano de 1963, Francisco Cândido Xavier ofereceu a um grupo de voluntários o entusiasmo e a tarefa de fundarem um periódico para divulgação do Espiritismo. Nascia, então, o Instituto de Difusão Espírita - IDE, cujos nome e sigla foram também sugeridos por ele.

Assim, com a ajuda de muitas pessoas e da espiritualidade, o Instituto de Difusão Espírita se tornou uma entidade de utilidade pública, assistencial e sem fins lucrativos, fiel à sua finalidade de divulgar a Doutrina Espírita, por meio de livros, estudos e auxílio (material e espiritual).

Tendo como foco principal as obras básicas de Allan Kardec, a preços populares, a IDE Editora possui cerca de 300 títulos, muitos psicografados por Chico Xavier, divulgando-os em todo o Brasil e em várias partes do mundo.

Além da editora, o Instituto de Difusão Espírita também se desenvolveu em outras frentes de trabalho, tanto voltadas à assistência e promoção social, como o acolhimento de pessoas em situação de rua (albergue), alimentação às famílias em momento de vulnerabilidade social, quanto aos trabalhos de evangelização infantil, mocidade espírita, artes, cursos doutrinários e assistência espiritual.

Ao adquirir um livro da IDE Editora, além de conhecer a Doutrina Espírita e aplicá-la em seu desenvolvimento espiritual, o leitor também estará colaborando com a divulgação do Evangelho do Cristo e com os trabalhos assistenciais do Instituto de Difusão Espírita.

www.idelivraria.com.br

idelivraria.com.br

Pratique o "Evangelho no Lar"

Aponte a câmera do celular e faça download do roteiro do **Evangelho no lar**

Ide editora é nome fantasia do Instituto de Difusão Espírita, entidade sem fins lucrativos.

ideeditora ide.editora ideeditora

◀◀ DISTRIBUIÇÃO EXCLUSIVA ▶▶

Av. Porto Ferreira, 1031 | Parque Iracema
CEP 15809-020 | Catanduva-SP
17 3531.4444   17 99777.7413

- boanovaed
- boanovaeditora
- boanovaed
- www.boanova.net
- boanova@boanova.net

Fale pelo whatsapp

Acesse nossa loja